Confusion of the Second Empress of Sacrifice

生贄第二皇女の困惑

敵国に人質として嫁いだら不思議と大歓迎されています

1

真波 潜

Illustration さくらもち

CONTENTS

Confusion of the Second Empress of Sacrifice

ネイジア国

NEYJEER

元祖は放浪《ロマ》の民だったが、鉱山と山脈に挟まれた平地で養蚕しながら生活している。国が一つの家族のようなもので、肌の色も様々な子供を皆で育て、特性にあった職に就いている。中には諜報・暗殺・闇事等も含まれる。山に囲まれたくぼ地なので他の国より少し標高が高い。

特徴 養蚕(絹織物、染物)、諜報、測量技術、各国の言語を操ることなどに長けている。

シナプス国

SYNAPSE

芸術・職人の国。各種様々な工房と劇場、ホールがある。夜の街の質も世界一と言われている、高級娼婦のいる歓楽街もある。

特徴 宝飾品などの芸術品、装飾品・高級娼婦・ドレス・芸術系。

ラ・ムースル王国(極冬)

LA·MOUESLUE

狩猟をメインに暮らす、一年中冬で雪の国。石の壁で囲まれた貴族街がある。漁業も盛んで、真珠がよく獲れる。

特徴 海産物・木材・造船技術と造船・狩猟肉・近海、遠洋漁業など。

フェイトナム帝国

FACENAM

南に向かって侵攻を続け、属国としてきた。国の殆どが都市部で、ある程度の穀倉地帯はあるが、人口密集地で常に植民地を求めている。数代前にバラトニア王国を属国に下したことにより生活は豊かになったが、現在は普通に穀物を買い付けており、植民地に残った人も多数。

特徴 あまり特産品といえるものはないが、兵(質・量)、技術、知識、インフラ技術等……技術力は大国の中では一番。貨幣の質も最も優れている。

バラトニア王国

VALLACENEAR

長年フェイトナム帝国の属国であり植民地だったので文明レベルは同じくらい(ただし、本や医者等は限られていてほとんどない)。肥沃な穀倉地帯と港町を備える。

特徴 穀類(麦・米)、木材(紙用に輸出していたが国内消費に切り替え)、養蚕(絹)が特産品。

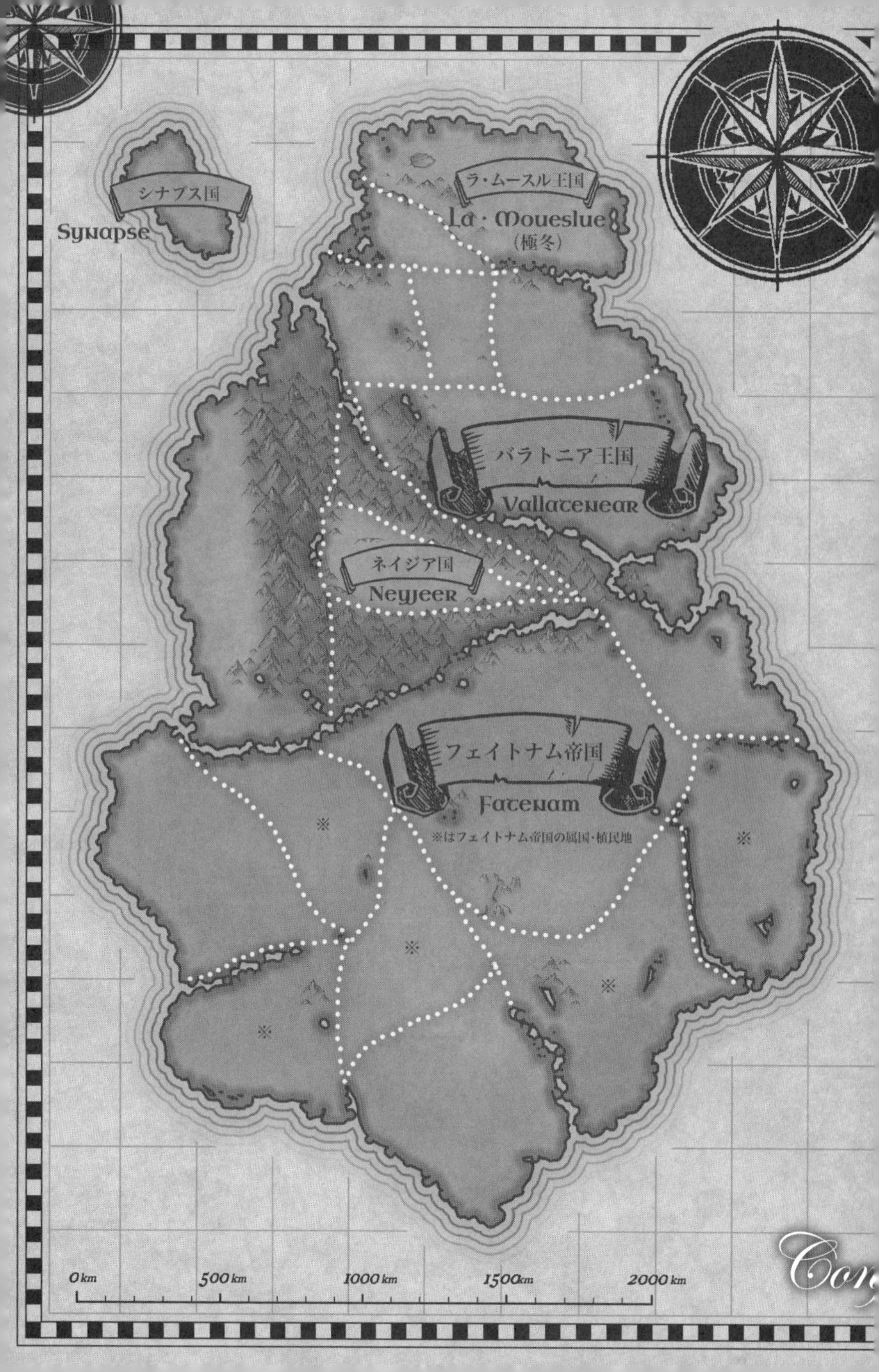

シナプス国
Synapse
ラ・ムースル王国
La・Moueslue
(極冬)
バラトニア王国
Vallatenear
ネイジア国
Neyjeer
フェイトナム帝国
Fatenam
※はフェイトナム帝国の属国・植民地
※
0km
500km
1000km
1500km
2000km

プロローグ　生贄の花嫁

「はぁ……」

揺れる馬車の中で私はため息をついた。

もうこの国には二度と帰ってくることはないだろうし、正直この先、どれほどの間生きていられるのかもわからない。１日もたないかもしれないし、ずっと生かされて牢に繋がれていても不思議ではない。

それでも、私は行かなければならない。

この国……フェイトナム帝国の、第二皇女《おうじょ》だから。

去年、隣国のバラトニア王国と、我がフェイトナム帝国は戦争になり、バラトニア王国が勝利した。

フェイトナム帝国は数代前にバラトニア王国を属国に下し、植民地化していたのだが、何がきっかけか……、そこは女が知る必要はないと秘されていて、とにかく彼《か》の国は独立戦争に出た。

制圧戦争ではなかったため、諸般の事情から劣勢に回ったフェイトナム帝国は早々に降参し、和平条約が結ばれたのが1年前。

諸般の事情というのが……フェイトナム帝国は属国を跨《また》いでさらに南の国に行軍、侵略し属国に下して帰ってきたばかりだった、というのが大きい。

糧食も飢饉に備えた最低限の物しか残っておらず、兵の数も……少なく、負傷兵もいて……という、最悪のタイミングだった。

この最悪のタイミングでなければ、長年属国にあったバラトニア王国が勝てる道理もないので責めることはできない……、というのは、私があまり祖国にいい感情を持っていないせいだからだけれど。自分たちで戦に行って、帰ってきたら戦を仕掛けられた、なんてやっぱり、自業自得だと思う。

でもやっぱり……と、思考が堂々巡りを始めたので戦争そのもののことを考えるのはやめた。もう終わったことだ。

和平条約の項目の1つに『フェイトナム帝国の皇女を嫁に寄越すように』というものがあったのだ。

私は第二皇女で、第一皇女の姉と、第三皇女の妹がいる。他に、兄が2人。第一皇子と第二皇子だ。当然皇子2人は除外。3人の皇女の中から選ばれたのが私、クレア・フェイトナム。

なぜ嫁が欲しいのかを考えれば……可愛く言えば人質、あけすけに言えば生贄《いけにえ》というところだろうか。

戦争の歴史、とくに、フェイトナム帝国は今なお領土拡大を目指して侵略を行っている。それを思えば、かつての属国が、元は宗主国だった国の血を貰おうとするのは理に適《かな》っている。そうすることで、立場が対等になったと内外にも示すことができる。

けれど……時期が悪かったというべきか。

フェイトナム帝国には『落ちこぼれ』の私という第二皇女がいたために、いざとなったら私を殺す、と言われても、お父様の内心は痛くも痒《かゆ》くもないだろう。

外から見たときに、それほどの非道を行った、と見られるだろうから、その点で一応は、フェイトナム帝国側からの私の命は保障されている。……と、思う。

和平を結んだのだから、フェイトナム帝国がそれを破り攻め入ることがあれば、バラトニア王国は私を殺すだろうし、逆に何もないのにバラトニア王国が私を殺せば、フェイトナム帝国がバラトニア王国に攻め入るきっかけとなる。

生きていても死んでいても戦火の種になる可能性がある自分が、嫌になるし情けない。

それでも……この先にどんな屈辱的な人生が待っていても、殺されるにしても、帝国の皇女として生まれたからには、せめて役目は果たさなければいけないだろう。

古《いにしえ》には、国境において王が生贄の羊の血を分け合って飲み、条約を確かなものにする、という儀式があったが、現在の衛生観念で国のトップが羊の生き血を飲むというのはおススメできない。

私は羊の代わりだ。生き血を飲まれない代わりに、命の手綱を握られている。

……お父様が私を選んだ理由はわかっている。

2歳年上の姉、ビアンカは絶世の美貌の持ち主と讃えられていて、愛想もよく、淑女教育も完璧だ。……性格は、どうかとは思うけど……、高位貴族に降嫁するなら問題ないだろう。

そして1歳年下の妹、リリアは、可愛らしさと愛嬌があり、こちらも淑女教育は完璧。性格は……まぁ、どうかと思うけど……、これもまた国内の高位貴族や属国に嫁ぐなら問題ない。

私はというと、特段美人でも可愛いわけでもなく、上と下から物心がつくころには見下されていたので、客観的に見て性格には一番難がある。

卑屈で愛想も愛嬌もない。

『淑女教育の敗北』とも言われた鉄仮面ぶりで、正直コルセットを締めていなければ姿勢もよくない。「どこの野良猫が紛れ込んだのかと思いましたわ」なんてリリアに嫌みを言われるほどの猫背だ。人前に出ないのだからほっといてほしい。

家庭教師にはとっくの昔に匙《さじ》を投げられた。淑女としての、刺繍《ししゅう》、ダンス、詩歌音曲、会話術、男性を立てる言動、他諸々は実に壊滅的に身に付かなかった。たぶん、お母様のお腹の中に置いてきてしまったのだろう。

その代わり、勉強にのめり込んだ。

王宮にある本や資料は粗方読み尽くし、他国の本にも手を出したので語学は堪能。歴史、経済、政治、ある程度の地理と芸術の知識はある。

女にそんなものは求められていない、というのが父母と兄2人と姉妹の言だ。私もそう思う。

フェイトナム帝国は常に属国を求めている。植民地を、と言ったほうがいいだろうか。

国土が小さい割に衛生観念が高く医療の研究が進んでいるため、人口密度が高く、働き口や食い扶持、そもそもの食糧も国内生産では追い付かない。

バラトニア王国は違う。広い国土に肥沃な穀倉地帯。山脈に遮られていない港もあり、1年前の戦争以来、攻め込みにくいが旨みの大きい特産品のある小国とのつながりもでき、新たな交易も始まったとか。

フェイトナム帝国にない物を全て満たしていた属国だ。賄っていたと言ってもいい。それでもバラトニア王国は飢えることもなく、属国の義務を果たしながらしっかりと財政は管理されていた。

今後、フェイトナム帝国は金銭で正当な取引として食糧を買わなければいけない。

植民地化して長いので、バラトニア王国に住んでいた一族は残留するかフェイトナム帝国にもどるかは自由意志に任され、ほとんどがバラトニア王国に残った。

数代も宗主国と属国として互いに交流があった国同士。だから元々仲が悪いわけではないけれど……、戦争があった上、今まで自分たちを下に見ていた国からの輿入《こしい》れなんて、歓迎されるはずもない。

しかたない。私は死ぬかもしれないが、国民のためだと思えば耐えられる。せめて戦争の火種になるような行いを慎み、『淑女教育の敗北』と言われた私の精一杯の淑女ぶりでなんとか命だけは守ろう。それが、フェイトナム帝国も……そして、バラトニア王国も守ることになる。

まぁ……、親兄弟のためだと思うと気が萎《しぼ》むけれど。

(だけど、しかたないじゃない?)

貴女《あなた》は美しくないわね、と姉に言われて。

お姉様は笑うのが下手ですね、と妹に言われて。

なぜもっと可愛らしくいられないのか、美しくいられないのか、と親兄弟に責められたって、姉にも妹にも馬鹿にされているように、私は見た目ではとても敵《かな》わない。淑女、という素質はそもそも持ち合わせていなかったのだと思う無能ぶりだったし。

灰色の瞳に白に近いプラチナブロンドのウェーブのかかった髪。

このぼやけた顔は、姉や妹のような鮮やかな金髪やルビーの瞳の色彩の前では霞《かす》んでしまう。

顔立ちも、美しくも可愛くもない。

不細工だとは思わないけど、やはり姉妹の中では一番見目はよくない、と思う。

正直、自分の顔の美醜なんてあまりわからない。芸術の世界でも、その時代によって何が美しいとされるのかは意見が分かれるのだし……、と、こういうところが可愛げがないと言われる所以《ゆえん》なのだろう。

親にも真っ先に生贄に選ばれるような見下げ果てられていた私だ。

何にハマろうと、もういいじゃない、という半ば開き直りから私は勉強に没頭したし、皇女という立場から閲覧できない資料もほとんどなかった。それには感謝している。

というわけで……。

(将来は官僚の誰かとくっついて、私も官僚として働きたかったな……)

そんなささやかな夢を叶えることもできないまま、私は敵国に嫁いでいる最中だ。

「はぁ……」

もうすぐ国境だ。

私は、何度目かわからないため息をついて祖国を後にした。

◇◇◇

国境で馬車を乗り換える。

和平条約でも、元々国土の狭いフェイトナム帝国の国土は必要とされず、独立により禁止されていた様々な事項の撤廃と、医療従事者の斡旋《あっせん》や医学本といった物の融通が主な条件になっていた。そこについては1年も待たせておいていまだに動こうとしていないフェイトナム帝国もどうかと思うが、長い間属国だったバラトニア王国が今なお侵略を続けるフェイトナム帝国の外交官との腹の探り合いでそうそう勝てるわけもない。

私が輿入れすることで少しは改善されればいいのに、と思っていたりもする。

そんなわけで国境線は変わらなかったけれど、当然ながら、互いの国の首都というのは離れていて、私は長旅の旅装に大量の荷物を持ってきていた。

相手方には、身一つで、と言われていたが、道中の着替えすらなかったら困るので、そこはやはり皇女でもあるし、たくさんの服と靴、宝飾品は持ってきた。というか、持たされた。

本当は本の1冊でも持ってきたかったが、数代前に植民地化したとき、フェイトナム帝国はバラトニア王国への一切の知識の持ち込みを禁じた。つまり、書物の持ち込みだ。

それも今回緩和されたはずだが、私が父に何か口出しできるわけもない。幸い、読んだ本の内容は『残らず全て頭に入っている』からいいのだけれど。

書物の持ち込みが禁止されたことで、逆に発達したものもある。

植民として入った人の口伝と、元からあったバラトニア王国の知識、属国として鍛えられた兵力や、兵法の基礎。長い間地図のない生活によって鍛えられた抜群の方向感覚と、食物や交易品を国中に運んで得た地理感覚。

当然、フェイトナム帝国にも品は納められていたのだから、ある程度のフェイトナム帝国の地理もわかっている。

帝国民は地図をいつでも手に入れられるために、失った能力だが、バラトニア王国の国民には、必須の能力。

バラトニア王国は国民が増えて大きくなった。

国力を増大させた後は兵法や戦術を、皮肉にも属国として戦に動員されるはずだったフェイトナム帝国からの教えで身に付け……、自由を勝ち取った。

もし、もしもバラトニア王国で自由に本や資料が見られるのなら、私はこの婚姻に自ら立候補したに違いない。知らないことと知れるというのは私にとってこの上ない喜びなのだから。

けれど、きっとバラトニア王国に本はもう……ほとんど残っていないだろう。

本の持ち込み、知識の持ち込みの禁止は、すなわち紙の普及の妨げにもなった。

でも王族ならば属国にくだる前の歴史書はあるだろうし、私は幸いにも、バラトニア王国語も扱える。読むのには困らない。今は、バラトニア王国でもフェイトナム帝国語が一般的に用いられる言語となっている。

そんなことを考えているうちに荷物の積み替えが終わり、私はいよいよ命を握られるバラトニア王国の馬車に乗り込むことになった。

馬車の前で大きく深呼吸して覚悟を決める。と、中からドアが開かれた。

「え……？」

「よく来たね。クレア、君ならきっと我が国に来てくれると思っていた。待ちきれなくて迎えに来てしまったよ」

使用人にしては身なりがよく、ついでに見た目もいい。

白い肌に赤毛の短髪で、瞳も夕陽のような色をしている。私は17歳だが、彼はもう少し年上に見える。

座っていてもその長身と引き締まった体躯は隠せない。話し言葉も訛《なま》りのないフェイトナム帝国語だ。

私が馬車の入り口で固まってしまったのを見て、彼は軽く私の手を取り、不思議なくらいあっけなく腰に手を回して、私を持ち上げ向かいに座らせた。

なんの負荷もない、変な感覚だった。ふわりと浮いたような。そして、気づいたら目の前にしっかり座ってしまった。

「申し遅れたね。私はアグリア・バラトニア。この国の王太子で、君の夫になる男だよ。よろしくね、クレア」

「…………理解が追いついてないのですが、アグリア殿下でいらっしゃる？　王太子の？　私は王太子妃になるのですか？」

てっきり王位を継がないかたと結婚するのかと思ったが、なんとまぁ未来の王妃である。

教養の類や愛想にはまったく自信がない私は、目の前の美しい男性と結婚すると聞いて驚いた。これならば姉のビアンカや妹のリリアが喜んで嫁ぎたかっただろうに。というか、なんだかとてもニコニコとして歓迎されている気がする。

私は、人質なのでは？　もしくは、和平を破ったら次は一族郎党皆殺しにするぞ、という意味で殺される生贄なのでは？

　そしてまるで私が来ることがわかっていたような口ぶり。

「あのう……、なぜ、私が来るとおわかりに？」

「クレアは我が国では有名人だからね。本当は指名したかったんだけど、まぁ、ほら、うちの国からもそちらの国の情報が入るわけだし。君の国からもうちの国に入れているでしょ？　そういう人」

「えぇ、はい、あの……暗黙の了解ですね……。えぇ？」

　馬車は私の戸惑いなどお構いなく進み始めた。この辺りは国境近くで戦場にもなった場所なので、外の景色は荒廃としていながら、土を固めたような道だけれど整っている。

　なんなら私を送り出した馬車より上等だ。あまり揺れない馬車の中で、私の夫になる男性……らしい、王太子のアグリア殿下に、下手くそに笑いかけた。

「数日かかるけれど、不自由はさせないからね。クレア、ゆっくり馴染んでくれればいいから。とりあえず私とお喋りでもして、お互いのことが知れたら嬉しいな」

「ありがとう、ございます……？」

　はて、この扱いだと私は人質でも生贄でもないようだ。

　しかも、私を指名したかった？

　意図が摑めないが、とりあえず、私は歓迎されているようだった。

◇◇◇

王城のあるバラトニア王国の首都に向かう途中、何度か街に立ち寄った。

高級な宿屋や、その土地のご馳走を並べてくれる食堂、街中の散歩とかなり自由に歩き回れた。

が、図書館も書店もない。地図も売っていない。

それをアグリア殿下に尋ねると、苦笑いして頭をかいていた。

予想はしていたことだが、まさかここまで徹底的に紙がないとは思わなかったのだ。

「この国には、そもそも紙の製造法がないんだ。いまだに羊皮紙か、木簡を使っている。市民の間に紙が普及させられたりすればいいんだけど……」

「そうなんですね。交易で紙を得ることはしませんでしたの？」

「そうだね、紙は交易品に入っていない。あぁ、あとインクもだね。そんなに使わないから」

私は少し考えた。

今のは、たぶんフェイトナム帝国に少し遠慮して言ったのだろう。

紙とインクは交易品に含められない禁止項目だった、と受け取るべき言葉だ。どこに、知識の持ち込みがあるかわからないから。知識は何よりも恐ろしいものだ。

口伝や訓練で教わった兵法と、バラトニア王国の人たちの発達した地理感覚。その上他国の知識等身に付けられたら下に置いておけない……、とお父様なら考えるだろう。

他国との交易にはフェイトナム帝国からの見張りもついていたはずだし、そのうち紙の製造法も失われていったというのは……嫌だけれども、納得せざるを得ないことでもある。

が、もう独立したのだし、私は歓迎されているようだから、多少口出ししてもいいだろうか。

この国で紙を作ることは、一目見れば安易なことだとわかる。

バラトニア王国には広大な森があるし、なんなら山に挟まれた平野で作物を育てているといってもいい。

禿山でもないし、こんもりとした森は遠目からでも針葉樹林だとわかる。そこまで木々を伐採する必要はないだろう。伐採したとしても、すぐに植えれば10年もせずに立派な森にもどるはずだ。

森林を少しずつ削って紙を作るとして、穀物と酪農で生計を立てている人がいるのなら、獣害も考えなければいけない。知識はあるが、すぐにこうしましょう、と言えるものではない。

もっとバラトニア王国を知らなければ、迂闊なことはいえない。

「私は本が好きです。雑貨屋などを見て、紙の加工技術は問題なくあると思いました。他にもクリアしなければいけない問題はありますが……、この国に紙を普及させることは、不可能ではありません」

そして、その土地の口伝で伝わることを本にしてほしい。私は喜んでそれを読むだろう。

羊皮紙や木簡があるのなら、識字率も悪くないはずだ。

アグリア殿下はぽかんとした顔でこちらを見ていた。いきなり、紙の普及、などと私が言い出したから呆れているのかもしれない。

「す、すみません、出過ぎた真似を……！」

「いや、そうじゃない。そうじゃないんだ、クレア。君は……紙の製造法を知っている？　必要な機材も？」

「え？　ええ、はい、図面も引けますよ。そんなに難しい構造ではな……」

いですし、とはいえなかった。

いきなりアグリア殿下に抱きしめられて、私は顔を真っ赤にして固まってしまったからだ。

王宮にあった本はあらかた読んだ。その内容は『全て頭に入っている』。

木簡を使っているくらいだから、木の伐採量はそこまで気にしなくてもいいかもしれない、とか何度も同じことを考えて現実逃避したくなるので、離してほしい。生まれてこのかた、男性にこんなに強く抱きしめられたことなどない。免疫がない。段々思考も難しくなってくる。

そろりと手を回して、背中をポンポンと叩くとようやく私は解放された。

「君はすごい。やっぱり君に来てもらえて、本当によかった。紙のことはまた王城でゆっくり話そう。あぁ、欲しいものがあったらなんでも言ってね。叶えられる限り叶えるから」

「？　は、はい」

すごく喜ばれているけれど……、やっぱり不思議だ。

殿下の、私でよかった、私がよかった、という態度には一緒に旅をしていてもさっぱり慣れない。

しかし、これはほんの始まりにすぎなかった。

いくつかの街を経由して、今日には王都に着くという馬車の中、私とアグリア殿下は大分打ち解けたように思う。

なんでだろう、と思ったら答えは簡単で、私のお喋りを殿下は止めたりしないからだ。はしたないとか、男性の顔を立てろとか、そんな堅苦しいことは言われない。おかげで、私は早速自国よりも居心地がよくなってしまっている。

「クレアは我が国の交易先を?」

「存じています。ネイジアの絹は祖国でも珍品ですが、バラトニア王国では生産体制に入っていますよね。それから隣国に穀物を卸していらっしゃって、そこの鉱山から取れる金と銀、貴石の類をさらに海の向こうの小国、シナプス国に卸して仲介もなさっている。小国とはいえ芸術の国の細工は見事ですから……状況から見るに、その細工品の収益で道を開き、蚕と職人を買われましたか?」

このくらいは地図を見て各国の歴史を学べば自然と想像がつく範囲だ。

お父様たちは、なぜそんなことまでわかるのか、と言っていたが、立地とお国柄の問題である。

フェイトナム帝国側の立地ならば、バラトニア王国とはちょうど反対側に港があり、その海向こうに真珠の採れる国があるのだからそれで蚕と職人を買いつければいいのだが、残念ながら私の祖国は交易より侵略という頭だ。

多少力が強いからといって、それを繰り返していては文化まで一緒に踏み潰してしまう。絹の生産を一手に担っているネイジア国は山脈に挟まれ、さらには海側はバラトニア王国が親しくしている貴金属と貴石の鉱山に囲まれていて、フェイトナム帝国が攻め込むには難しい上に旨みが少ない。時折流れてくる絹の反物を高値で買い付けるほうがよほど安く済むし、それで満足でもあった。

良くも悪くも、フェイトナム帝国はそういう国だ。バラトニア王国が橋渡しをして作られた宝飾品の一番質のいいものは、敗戦までフェイトナム帝国に流れ続けた。

バラトニア王国は、属国でありながらよくやっている国だった。

独立してくれて、本当は、よかったと思っている。戦争はよくないけれど。

この国は様々な文化の通り道であり、この国自体がまだ新しい文化の可能性を秘めている。

他の属国は、小さい。独立戦争を起こすには、属国同士で手を組むしかないが、人だけは余りに余っているフェイトナム帝国の監視の目は厳しい。独立は難しいだろう。

フェイトナム帝国に文化や歴史を食い尽くされるだけ食い尽くされて、各国のよいところが消えてしまっては悲しい。

もちろん街道や上下水道の整備、公衆浴場などを造ったりと、フェイトナム帝国の技術は役立ってもいる。雇用も生まれるし、植民が口伝でいろいろ教えるのは禁じられていない。

ただ、上限が良くも悪くもフェイトナム帝国になってしまう。

ハッ、とした。

私は長く語ってしまったし、その後もぼんやりと景色を眺めて考えを巡らせていた。男性を立てることをしていない。

恥ずかしい。こういうところが淑女たりえないところで、姉や妹にバカにされるところだ。

自然に背中が丸くなって、俯《うつむ》いてしまう。あぁ、戦勝国の王太子に私はなんて態度をとってしまったんだろうか。

慣れてきたからといって、私が人質なことには変わりがないのに……。

「本当に……申し訳ございません……」

「君は何を謝っているの？」

彼の声に顔を上げた。

驚いたように夕陽色の目を見開いてはいたけれど、その視線は柔らかく穏やかに微笑んでいる。

（私の話を……聞いてくれた？）

これだから、もっと淑女らしくなさい、と言われる私の話を受け止めてくれた？　驚いて、まじまじと顔を見る。

「やはり、君が来てくれてよかった。……さぁ、城に着いたよ。今日からはここが君の国で、君の家で、君は私の妻だ。式はもっと落ち着いて、慣れてからにしよう」

「わぁ……！」

馬車の外には広大な庭園があり、その奥に何階もある左翼と右翼のある城があった。1階は表面は部屋などはなく、そのかわり外に面した通路になっていて、太く芸術的な彫りの入った石の柱が支えている。

少し奥まった場所にエントランスへの入り口があり、馬車は噴水を回るとその柱の下に進んだ。これなら雨の日でもドレスが汚れることはない。

「素敵なお城ですね……！」

「気に入った？　部屋も気に入ってくれると嬉しいな。……もちろん、別室だから安心してね」

私は何を言われているのか一瞬わからず、そして、嫁いできたのだったと理解してぼっと顔が赤くなった。

困った王太子様だ。けれども……私の混乱は、これでは終わらなかった。

私はアグリア殿下にエスコートされて城に入ると、ずらりと並んだ使用人たちに頭を下げて出迎えられた。

ここ、敵国よね？　私、負けた国から嫁いできた憎い女のはずじゃないのかしら？　と、自分の頬をつねりそうになるのをなんとか堪《こら》える。

戦争をして1年は経っているが、勝ったといっても双方の傷はまだ深いはずだ。いつ首を切り落とされてもしかたないと思って来たのに、なんだろう、なんだかとても歓迎されているような……？

「おかえりなさいませ、王太子殿下、王太子妃殿下！」

「ただいま。クレアがびっくりしているから、こういうのは今日だけにしてくれ。さ、クレア、長旅で疲れただろう？　部屋に案内するから今日は休んで、明日は朝から宴《うたげ》だからそのつもりでね」

「は、はい、アグリア殿下」

私はただただ圧倒されるばかりだ。

フェイトナム帝国にいたときですらこんな扱いはされたことがない。まして、到着したのに陛下に挨拶もせずに休んでいいのだろうか？

なんだか物凄く大事に扱われている気がするけど……、私はこの国に何かをした覚えがない。それに、アグリア殿下とも初めて会ったのだし、この短い旅程で……好意はとても感じるけれど、そこまで好かれる要素もないと思う。

きれいでも可愛くもない、愛想も愛嬌もない、淑女として男性を立てることもしていない。

一体何が起きているのか、なぜこんなに歓迎されているのかわからないまま、笑顔の殿下に手を振られて、私は愛想のよい使用人に案内され、部屋へと案内された。

私の部屋はとても居心地がよい落ち着く色調に整えられていて、この居心地のよさは内装にフェイトナム帝国の家具や壁紙を使ってくれているからだと思い至った。

ここまでされて、騙《だま》し討ちされる、とまだ疑うのもどうかと思うが、私は所詮戦で争った国の皇女だ。まだ油断はできない、と思っていた。

持ってきた荷を解いてウォークインクローゼットの中にものがしまわれていく。私も少し覗いてみたが、何も持ってこなくてもよかったのではないかと思うような服飾品の山があった。確かに「身一つで」と言われてもいいほどの服飾品が揃っている。

その日は、長い馬車の旅で本当に疲れていたので、侍女にお風呂に入れてもらい、馬車の旅で凝り固まった身体をマッサージまでされて、私は早々に眠りについた。

翌日、目が覚めると同時に侍女が入ってきてカーテンを開ける。

うん、窓の外は知らない国だ。夢じゃなかった。

顔を洗って身支度を済ませる。祖国ではあまり着飾ると姉や妹に馬鹿にされたのでやらなかったが、ここの侍女たちは止める暇もなく私を仕上げていった。

肌も髪も白くてきれいですから顔には少し明るいお色を載せましょうね、とか、ドレスは華やかなものにしましょう、とか、スタイルがいいですね、とか、聞いたこともない褒め言葉で私は誘導されるがままに仕上げられた。

今日は宴なので締め付けるようなコルセットはなく、楽にいられるよう襟ぐりは大きく開いた

もので、バラトニア王国が取引している国で作られた軽い銀細工の細かな装飾品を身に着ける。

姿勢が悪いのはどうしようもなかったが、それは追々どうにでもなります、と侍女に言われたので姿見の中の私は苦笑するに留めた。

「ありがとう、メリッサ、グェンナ、ミリー。おかげで少しは見られるようになったわ」

私のお世話をします、と昨夜からついてくれた侍女の3人にお礼を言うと、彼女たちは驚いたように目を丸くして顔を見合わせた。

「私たちの、名前を……？」

「？　昨日、教えてくれたじゃない。これからお世話になるんだもの、改めてよろしくね」

代表して聞いてきたグェンナに首を傾げて返すと、彼女たちはまた顔を見合わせてうんと頷《うなず》き合った。

「誠心誠意お仕えします」

「あ、ありがとう」

そんな風に改めて言われると、なんだかビックリして腰が引けてしまう。

3人につれられて、私は宴会場へと向かった。

1　大歓迎の理由

「よく来てくれた！　クレア殿の輿入れに、乾杯！」

宴会場の上座のほうに座ると、すでに人は集まっていた。

今日はほとんどの要職のかたが集まり、アグリア殿下と並んで陛下と王妃殿下の隣にいる。

まだちゃんと挨拶をしていなかったので、陛下と王妃殿下にも立ち上がって挨拶しようとしたら止められた。今日は無礼講だから座ったままでいい、ということで。

「お初にお目に掛かります。昨夜は挨拶もせず申し訳ございませんでした。フェイトナム帝国より嫁いで参りました、第二皇女のクレアと申します。……あの、不躾《ぶしつけ》なのは百も承知なのですが……こんなに歓迎されている理由がわからないのです」

無礼講なのは皆わかっているらしく、席のあちこちでクレア王太子妃に乾杯！　と何度も乾杯が行われている。これが演技だとしたらバラトニア王国はとんだ狸の国だが、酒席で気分よく誰もが笑顔で盃《さかずき》を向けてくる様子に、敵意は微塵も感じられなかった。

むしろ、フェイトナム帝国にいたときのほうが居心地が悪く感じられるくらいだ。そのくらい、私は自分の想像とは正反対の大歓迎をされている。

国王陛下も王妃様も笑顔で頷き、戸惑う私に対して鷹揚に頷いてくれた。

「よい、よく来てくれた。我が国は独立したが、復興にも、今後の発展にも、足りないもの……知識が必要だった。我が国の間者がクレア殿の祖国にいるというのはアグリアから聞いたと思うが、クレア殿の話はよく報告に入ってきていた。我が国で貴殿はこう呼ばれている……生ける知識の人、と」

「……」

本が入らない、ということは口伝で伝えられる技術や職人を育てる以上の発展性がないということ。

1つでもいいから何かのきっかけがあれば、そこから発展できるものだが、バラトニア王国はフェイトナム帝国の最初の植民地である。もう数代前の話だから、自国の歴史などの本は多少あれど、紙を作る技術がないせいで、取りこぼされた文化も多いのだろう。製紙技術もその1つだ。

私はようやく得心がいった。

それは大歓迎されるわけだ。私の頭の中には、フェイトナム帝国が保有している知識は大方入っている。それは、フェイトナム帝国は一切評価しなかっただけで、バラトニア王国にとっては金銀よりも価値があるものだった。

価値観が違えば私という存在の価値も大分と変わるものだ、と、知識が涸《か》れるまでは生きながらえさせてもらえそうだ。

お父様はただ自国の血が欲しいだけだろうと思って私を寄越したのだろうが、私の中に祖国への愛情……家族への愛情はあまりない。喜んで、私の中に蓄えた知識を差し出そう。

「父上、それでは私が誤解されます。——クレア、後で話そう。私が、君を望んだ理由」

「ははは、それもそうだな。クレア殿以外を寄越されたら難癖をつけて替えさせようと思っていた。我が国は、クレア殿を歓迎している。アグリアがとくに熱烈にな」

「父上」

アグリア殿下には、私の知識の他にも、歓迎する理由がある?

私は殺されたり邪険にされない理由がわかっただけでも充分だし、安心して暮らしていけそうだからほっとしているのだが、出会ったばかりの私たちの間に一体なんの理由があるというのだろうか。

わからずに殿下を見ると笑って誤魔化された。顔がいい人の微笑はなかなか心臓に悪い。

私はとにかく安全で、必要とされている。

これならこの国でうまくやっていけるはずだ。

その安心感で、手元にあったグラスを傾けて料理に手を出しはじめた。

王妃様とも話をしたし、アグリア殿下とも陛下とも話しながら、私は宴を楽しんで1日を過ごした。

……宴のときにコルセットを締めないのは正解だと思う。

◇◇◇

「お疲れ様、クレア。楽しめたかな？」

「殿下。はい、とても。そういえば、もう１人の王子殿下は？」

バラトニア王国には王子が２人いるはずだ。私はてっきり、王位を継がないかたと結婚すると思い込んでいただけに、王太子殿下が直々に迎えにきて大歓迎されるという展開に、まだ少しついていけていないところがある。

その、結婚するだろうな、と思っていた相手がいないことを不思議がると、声をあげて殿下が笑った。

「弟は騎士団に入っているよ。絶対に騎士団長になると言って、王族であることを半ば放棄している。そのうち会えると思う。たぶん、万難を排して会いに来る」

「そうなんですね」

聞いておきながら、我ながら気のない返事になってしまったと思った。酔っているせいかもしれない。

宴会場のテラスに出て、熱気に当てられて火照った頬を夜風にさらす。

本当に朝からずっと宴会だ。楽団や踊り子が来たりと、どんどん賑《にぎ》やかになっていく。

私もよく話しかけられた。王族のかただけではなく、いろんな文官や武官、貴族、様々な人に。

私は聞かれたことにしっかりと答えてしまっていたが、果たして宴会の空気を壊していなかっただろうか。

アグリア殿下がそっと私の肩に上着を掛けてくれた。夜風は気持ちいいが、だからといって身体を冷やすのもよくないということだろう。隣を見ると、微笑んでこちらを見ている。

じっと微笑んだ顔を見詰めているうちに、私はこの人のことを、知っている気がする……、と思った。いや、知っている。そう確信した。

「あのときの……男の子！」

「やっと思い出してくれた？」

アグリア殿下との出会いは、3年に1度植民地化された属国の使節団がフェイトナム帝国に謁見にくるときだ。ちょうど4年前だから、私が13歳のときだろうか。

一切の知識の持ち込みを禁ず。

属国に対してのフェイトナム帝国の方針は徹底していた。

上下水道、街道、建築、浴場、そういったものの技術者は新しい土地で植民が苦労しないよう生活基盤を整えるために派遣される。そのまま住み着くことにもなる。

そして、バラトニア王国の交易。これは、全てフェイトナム帝国の監視下で行われる。物品の取引を禁じることはないが、知識の持ち込みは禁止されている。

たとえば、海向こうの装飾品の職人がバラトニア王国への移住を希望しても追い返される。養蚕を始める支度が整ったのも、戦争に勝ったからだ。

技術者も知識。そして、４年前のバラトニア王国の使節団として、バラトニア王国の国王自らと側近、そして息子のアグリア殿下が来たのだ。

私は現在17歳で、殿下は18歳。

あのときは14歳の男の子だった。すっかり背も伸びて顔立ちの大人びた殿下と、あのときの泣いていた少年がようやく重なる。

「あのときはね、クレアのおかげで本当に助かったんだ。……皆、わかってる。間者がいるのは知っているから、あくまで表立っては言えないだけで」

宴会場のテラスならば、確かに間者に聞かれることなく話ができる。

あのとき、私はこの人に１冊の本を隠し持たせた。正確には、写本の一部だ。

木の陰で服を脱がせて、必要なページを書き写しただけの数枚の紙を身体に巻き付けさせて。

医学書だった。私は王宮にある本はあらかた読み終わっていて……あのとき、なぜバラトニア国王が直に謁見に来たのか。

それは、病。

各地で、感染症とはいえないが似たような症状で倒れる人が続出したのだ。

謁見の内容は、これを解決するために医者を遣わせてほしいという嘆願。お父様は聞き入れなかったけど。

王宮の庭で見慣れない赤髪の男の子が泣いていた。男の子というには大きかったけど、声を殺して。

私以外に王宮に納められた本を正確に把握している人はいない。司書ですら、なんとなく場所は覚えているだろうが、内容までは覚えていない。

バラトニア王国は山と山に挟まれ、交易の窓口である港を持つ、穀倉地帯。自然が豊かで、海の幸も山の幸も取れる。

そして、病の話を聞いた。

私はその男の子に、急に食事を食べると倒れたり呼吸が苦しくなる人が増えたと聞いた。あとは発疹。呼吸が苦しくなる人はそのまま亡くなる人もいたと。

私は、その症状に思い当たることがあった。小麦アレルギーだ。

穀倉地帯は幸い、米も小麦も栽培している。

バラトニア王国にないのは、豊かな川。山から海に流れる川は隣国との国境になっていて、細い川では国民に行き渡るほどの川魚は取れない。

幸い海があるが、その年は潮目が悪く不漁で、干し魚も充分に国に行き渡らなかったという。

魚はアレルギーの抵抗力をあげる。加えて、穀倉地帯だからどうしても食べるものは肉と穀物……そして、米よりも多く取れる麦が出回った。不漁に併せて漁師たちも麦を買い付けることになり、結果出回ったのは、古い麦。

短期間に、多量に同じ食物を食べるとアレルギー症状を起こすことがある。魚で抑えていたものが、一気に発症したものだと考えられた。古い麦は保存方法が悪いとダニが発生していることもある。漁師に、麦の保存の心得があったとは思えない。

それらのことをなんとなく聞き取って、もしかしたら間違えているかもしれないと思いながら、該当のページを十数枚、その男の子の身体に巻き付けた。

属国とはいえ一国の王族の服を脱がせてまでの身体検査はしないだろうが、荷物は検査される。私が渡したその紙をきっかけに、アレルギー症状が起こりにくいような対策が取られたという。バラトニア王国では最近では米が主食で、麦は輸出用なのだとか。

「あのとき、君が言った言葉を覚えてる？　クレア」

「……必死でしたから、服を脱ぎなさい、と言った覚えしか……」

「ふふ……。君は本当に勇敢だ。そして、私に言った。泣いても解決しないのよ、笑いたかったら力をつけるの、と」

そんな偉そうなことを言っていたのか、と今更恥ずかしくなる。私が姉や妹、家族に恥ずかしいものと扱われて、勉強にのめり込んだのも、それで力をつけた気になっていたからだ。

「私が返した言葉も覚えていない？」

「お恥ずかしながら……、すみません」

また背中が丸くなる。

本の覚えはいいのだが、人との会話内容は少し覚えが悪い。知識に紐《ひも》づいていればまだマシなのだけれど。

アグリア殿下はその背に手を置いて顔を覗き込んできた。

「私が笑えるようになったら、嫁に来てほしい」

「……」

「君は、笑えるようになって迎えに来てくれたらね、と笑い返してくれた。そして、今がある」

私、ずいぶん偉そうで失礼だわ。本当に淑女教育の敗北だわ。

「迎えにきたよ、クレア。ずっと君を励みに生きてきた。改めて、結婚を申し込みたい」

殿下は私の手を取って跪《ひざまず》く。

「私は笑えるようになった。強くなった。結婚してくれるかい？」

「……はい」

それ以外に、どう答えられよう。

夜風が、宴会の音が、光が、この人の笑った顔を彩っている。

……人質に……、生贄に来て、よかったと、思った。

◇◇◇

宴会の次の日は、どうしても動けなかったので1日ベッドの上で過ごした。

食べ過ぎに飲み過ぎだ。医者にも同じことを言われて、消化にいい薬湯をご飯の代わりに飲んだ。

メリッサが言うには、何かめでたいことがあるとこうして宴会の日が設けられるらしい。

さすがに警備兵や平民まで一緒に浮かれることはできないが、日をずらして兵には酒とご馳走を振る舞い、民は祭の週があって、年に2度ある祭ではしゃぐのだとか。

「メリッサたちにはそういうのはないのかしら……？」

「私たちは祭の週に街におりて楽しみますよ。特別手当と交替のお休みがもらえるので」

それならよかった、と思って、私は薬湯を飲み切ると、うとうとと眠ってしまった。

翌日にはしゃっきり起きて、身支度をする。

この国に来てから甘やかされっぱなしだったけれど、私は王太子妃になるのだし、花嫁修業に励まなければ。

グェンナたちに手伝ってもらい、略礼装に着替える。王妃様も普段はこのような格好らしい。

まずは殿下もいるという陛下の執務室を訪ねた。

「失礼いたします。――改めてご挨拶いたします。先日より婚約者としてフェイトナム帝国より参りました、クレアです。この国のお役に立てるよう頑張ります」

「あぁ、クレア。堅苦しいのはそのくらいにしよう。私のことは義父と思って、妻も義母と思って気楽に接してくれてよい。アグリア、クレアの予定は？」

陛下は鷹揚《おうよう》に頷いて温かい言葉をかけてくれた。そして、アグリア殿下に私の予定を尋ねる。

ん？　なぜ殿下に？　私の予定なら侍女が把握しているはずだし、これから淑女教育みっちりなのでは……？

「はい。まず、全ての部門の視察の後に、クレアに新たな部門を設立してもらいます。視察内容によりますが、この国に足りない部分を補う要職となる部分ですね。全権をクレアに任せますが、我が国のことで必要な知識を補うのにバルク卿をつける予定です」

「うむ、卿ならば護衛としても申し分ない。我々の仕事は多少増えるが」

「お待ちいただいてもよろしいですか？」

たまらず話を遮ってしまった。

敵国……しかも属国としてこの国を扱っていた国……の私を、いくら敗戦したからといって、要職？　いやいや、現場で働く方々のお気持ちを考えたらとてもじゃないけど……。

しかも、護衛兼側近がつくんですか？　卿ということは貴族ですよね？　おや？

私に必要なのは花嫁修業だと思っていたのですが。

「私に必要なのは花嫁修業だと思っていたのですが……？」

思わずそのまま声に出てしまった。

驚いたような顔でこちらを見る陛下と殿下だが、驚いているのは私だ。

「君は女性としてもすばらしいけれど、まだ何か磨く必要があるのかい？」

「うむ、マナーもあり会話も機知に富んでいる。身のこなしもいいが、何か不安が？」

恐れながら、私の祖国での蔑称は『淑女教育の敗北』ですけれども？　とまではさすがに言えなかった。どうやら、陛下も殿下も本気のようだ。

フェイトナム帝国とバラトニア王国では基準が違うのかしら、と真剣に悩んだ後《のち》、バラトニア王国で必要とされていることがそういうことならば、と頭を切り替えた。

「わかりました。予定通りに行動させていただきます」

「君が間違っていると思ったり、こうしたほうがいいと思ったことは部署の責任者と話し合ってくれ。あと……」

「はい」

「バルク卿に浮気しないでね？　夕飯は夜の7時だよ。そのあとお茶にしよう。彼女を卿のところに案内してくれ」

一昨日プロポーズしておいて浮気の心配をしなくてもいいですよ！　と、怒ってやりたかったが、忙しくなるのはよくわかった。

私は苦い顔をして一礼すると、官僚の1人につれられてバルク卿のもとへ向かった。

グェンナたちと別れ、案内の官僚にバルク卿のことをいくつか尋ねると、なんだかバツが悪そうに言葉を濁された。

「あのかたは……その、仕事ができるかたです」

「それは、よいことなのでは？」

苦笑いされて、私は少しその瞳に憐憫《れんびん》も感じて、はて、と更に悩んでしまった。

「そう、ですね。その……、私が言ったことは内緒にしてくださいよ。愛想がないんです。妥協もありません」

愛想と妥協がない、と聞いて、少し緊張してきた。

しかし、私はその点で、他人を責められる人間ではない。愛想のなさは折り紙付きだし、好奇心に駆られれば徹底的に調べ尽くす。

意外と気が合うのではないかしら、と思っているうちに、バルク卿の執務室に着いたらしい。

案内の官僚は控えの間に残り、中継ぎのかたがドアをノックする。

少しだけ緊張しているのを、こっそり息を吸って吐いて誤魔化した。

「失礼いたします」

「どうぞ」

立派な執務室の扉を中継ぎのかたに開けてもらい、私はバルク卿と対面した。声は落ち着いている、年上の男性の声だ。

中にいたのも男性だが、これが、なんといえばいいのだろう……男性に美人とは言わないな。美丈夫。うん、しっくりきた。

褐色の肌にくすんだ硬質な銀髪を伸ばし後ろで1つにまとめている。肩が広く胸が厚いところは騎士然としているが、モノクルをかけて書類を見ている姿は実に官僚らしい。私より5つは年上だろう。

武官か文官かいまいちわからないかただが、今日からお世話になる人だ。追々わかればいい。

「本日よりお世話になります。クレアです。よろしくお願いいたします、バルク卿」

「……！　これは、挨拶もせずに申し訳ありません。私はパートナム・バルク。伯爵位を戴いております」

彼は書類から顔をあげようともしていなかったが、私が名乗ると慌てて顔をあげた。驚いたように私を見てから、誠心誠意の礼をして名乗ってくれる。

このかたとこれから毎日仕事をすることになる。

にっこりと（自分なりに、にっこりと）笑って、さっそく一緒に文官が働く場所から見学に行った。

通路で簡単に説明を受けながら、文官が働く場所は続き部屋でいくつもに分かれているとか、出入りは自由にしてもらって構わないとか、事前情報とは違って案外と面倒見がよく愛想もいいような気がした。緊張させないように気を遣ってくれているのかもしれない。

それぞれの部署の部屋は広いらしいし、部署もいくつにも分かれているので、数日は視察で終わりそうだ。これだけ大きな国だし、交易も盛んならばしかたがないことだけれど。

「この国の税制などはご存知ですか?」

「はい。祖国で資料は拝見していました。とくに問題があったようには見えませんでしたので、お仕事の様子を直に見られればと思います」

税収はバラトニア王国からフェイトナム帝国へもあがってきていた。さらには国内の帳簿の写しも一緒にあがってくる。金の流れに不自然なことがないように、これもまたフェイトナム帝国から文官が派遣されて一から指導する。

今はもう、フェイトナム帝国に納める税はいらない。国内の管理だけで充分だ。

それを踏まえて、こちらです、と案内された部屋を見て……早々な改革が必要だと悟った。

まず、部署が分かれているというのは建前で、実際は分かれていない。担当者が人頭名簿と交易の収益を掛け持ちしているのがちらりと見えた。人も足りていない。

数代前のフェイトナム皇帝によって属国にくだったはずだから、フェイトナム帝国と文字と数字は一緒。

文官の悲鳴と怒号飛び交う仕事部屋は、紙がないせいで木簡と羊皮紙が入り交じり、各人の机の上が大惨事で、しかも資料棚も木簡でギチギチで……。

（た、耐えられない……！）

「今すぐ仕事を中断してくださーい！」

私の叫びにぴたりと動きを止め、文官さん方が私のほうを見る。

これは……ダメだ。問題が多すぎる。

待って、全ての部署を視察と言っていたけど、部署はまだあってどこもこの調子なの……？

私は早急に立ち上げるべき部署と人員を頭の中で勘案しながら、目の前の文官たちに、『1ヶ月の通常業務禁止』と『資料を年代年月別にまとめておくこと、紛失している資料があれば一覧にしておくこと』を指示して、最優先でまずは整理整頓を申しつけた。

本当に1ヶ月も仕事を止めてもいいのか？　と顔を見合わせていたものの、バルク卿が笑っているところを見てさらにポカンとした文官たちは、かしこまりました、と言って整理整頓から始めていった。

その際、ここの部署……税に関する部門だった……を3つのスペースに分けるように机を並べ替えることも指示して、私は次の部署に向かった。

2　一番必要なもの

「疲れました……」

「はい、お疲れ様でした。夕飯まであと少しですね、お休みください」

バルク卿がにこにこ笑いながら私にソファを勧めてくる。そのまま座った私は、ため息をついた。

どの部署でも私が凄い剣幕で仕事を止めるたびにバルク卿が面白そうに笑って肩を震わせていたので、文官たちはそれを不思議がっていた。

私も事前に聞いていた割には感情豊かで、愛想もこの通りよいことから、不思議には思っているのだけれど。

でも、私が叫んで指示したことより、バルク卿が笑っていることのほうが文官たちが手を止める理由だったように思う。よく笑うかただな、という印象だけが私の中に残った。

王宮の部署はどこも似たような惨状で、私は1ヶ月王宮の業務を止めてしまうが、これはばかりはしかたない。陛下たちが仕事が増えると言っていたが、本当に申し訳ないのだけれど、今のまま仕事に当たらせていては間違いなくどこかで酷《ひど》いことになる。

必要な物はわかったから、1ヶ月の間に揃えなければならない。早急にだ。

私が図面を引くよりずっと早く、製紙工場……とまでは行かなくとも、王宮で使う分だけは紙を揃えなければ。地方からは木簡であがってくるだろうし、できるなら職人と技術者を複数呼び込んで……まで考えて、心当たりに行き着いた。

「バルク卿。海向こうの芸術の国と呼ばれるシナプス国の別名はご存知ですか？」

「別名、ですか？　いえ、存じ上げません」

「あの国は確かに木工細工と金銀の装飾に優れた技術者が育ちやすいですが、あぶれる人ももちろんいます。細工物にはかならず図面やデザイン画が必要です。職人の国……馬鹿にするわけでは決してありませんが、あぶれた技術者はもっと大雑把な仕事に就く——紙を作る技術と機械、余っていると思いませんか？」

私の言葉に一瞬言葉を詰まらせ、バルク卿は真顔になって頷いた。

紙の消費量が多いから、食べていける程度に安く国内で紙を売っている工房はかなりあるはずだ。

バラトニア王国の主要都市……数は6つ。できれば10の工房を引っ張ってきたい。機械ごと。

「即座に手紙を出しましょう。機械と技術者を工房ごと買い上げて、当面の生活の保障と手当を出して、紙を大量に作るのですね？」

「はい。この国からも木材を輸出していたでしょう？　伐採業者の方々も国で雇ってください。輸出量を抑えて国内消費に切り替えます」

戦勝国で金が入ってきてるとはいえ、国庫の何割かを私は使う気だった。

基本が整わなければ何も始まらない。

インクについても同じように、川向こうの輝石が取れなくなり石炭の取れる鉱山から国内相場より高く石炭を買い取る。

伐採業者は大忙しだ。特別手当を出さないと。紙の原料の他にインクのための溶剤も作らなければいけない。

提出書類と保管書類はインク、日々の記録は石炭を尖らせたものを使って……そうなると木簡に書いている墨と筆は工芸品になる。

とにかく最低限必要な『文房具』が最優先だ。どの部署でどのくらい使うかを試算させて予算が管理できて、交易にも造詣が深くて……、とそこでバルク卿を見た。

「だから……バルク卿なのですね？　全ての部署に精通してらっしゃる……」

「はい。私はあれらの部署が必死にまとめた木簡の内容を羊皮紙に写し取り、陛下に提出する役目をいただいております。クレア様の補佐役として適任かと」

「助かります、ありがとうございます、お願いします！　のちに……そうですね、総務部という部署を作りますので、そこの責任者か、誰か責任者を選出してもらうことになると思いますが

「……！」

私にとっては天の助け！　とばかりに便利すぎる人だ。私が最初に見せた愛想笑いとは違う笑顔で身を乗り出すと、クスクスと楽しそうに笑っている。

このかたが笑うと侍女も使用人も文官も皆固まるのだけど、何か変なのかしら。今日はずっと笑っていらっしゃる。

「あなたは不思議なかたですね。仮にも属国だった、あなたの祖国に勝った国ですよ。どうしてそう必死になれるんです？」

「ここが私の国になるからです」

私の口からはなんの迷いも驕《おご》りもなくするりと言葉が出てきた。

「アグリア殿下に嫁ぐとき、私は死をも覚悟してきました。しかし、ここまで歓迎されたのなら、全力を尽くさねば。だって私は、この国に嫁いできたのですから」

バルク卿は少し口元に手を当てて考えると、惜しいな、と呟いてから時計を見た。

「わかりました。その言葉に嘘がないことは、よく。心から仕えさせていただきます。——そろそろ7時になりますよ」

「あ、すみません。ではまた明日、お願いします！」

私は慌ただしく挨拶をして、殿下との夕食に向かった。

◇◇◇

「ずいぶんお疲れのようだね」

「はい。……陛下も殿下も怒っていませんか？　私、かなり勝手をしていますが……」

私が各部署に指示を出すたびに、内容の報告は上がっていたはずだ。バルク卿と話したことも今ごろ食後の陛下に伝わっていることだろう。

全部署を1ヶ月止めて整理整頓、配置換えします！　なんて無茶を嫁いできたばかりの小娘に指示されたのだ。きっと嫌な気分に違いない。

夕飯のときは楽しい話をしたが、サロンに腰を落ち着けたら頭の中で草案が回り出してしまって、難しい顔になってしまったらしい。殿下に気を遣わせてしまった。

「いや、ちょうどいい機会だったよ。戦後処理もそうだし、改革はしなきゃいけない。君の指示ならと、私も父も全幅の信頼を置いているよ」

「あ、はは……、あの、私、実務経験は何もないので……失敗したら……」

乾いた笑いが漏れてしまった。

そうだ、私は頭でっかちなだけで実務経験がない。が、今日の惨状は酷かった。あれは整理整頓して紙に資料をまとめ直すところからだ。それから現場の声を聞かないと、しっちゃかめっちゃかになる。

とはいえ、失敗したらと思うと怖い。

暗い考えに落ち込んで俯く私の手の中に、ほんのり温かい乳化した薄茶色の液体の入ったカップが渡された。

立ち上ってくる湯気からは珈琲の香りはしない。不思議に思っていると、殿下が、あぁ、と思い至ったようだった。

「フェイトナム帝国ではお茶といえばウーロン茶か緑茶だったね」

「これ……お茶ですか？」

「そうだよ。紅茶、といって……緑茶と同じ茶の木から採れるお茶。製造過程が違うんだ。香りがいいだろう？」

「はい、……これがあの、紅茶」

本の中では読んだことがある。我が国でも茶の木の栽培はされていて、お茶はよく普及しているのだが、殺菌作用があると言われている不発酵状態の緑茶か、たまに半発酵状態のウーロン茶が主流だ。

属国が多くなりすぎて、とにかく回転率を重視するので、紅茶にまで仕上げる茶の木の農家がほとんどないのだ。

同時に淹れ方も本の中だけに忘れられていった。時々珍品として上がってきた紅茶は、あまりよい匂いでもなければ味も渋かった。

バラトニア王国では紅茶が主流らしい。よく考えたら、この国に着いてから最初のお茶である。

それにしても、ほんのりミルクの香りもする。蜂蜜の香りもだ。

「疲れたときには効くよ。とくに頭を休めるのには」

「いただきます」

アグリア殿下の勧めで口をつける。

口の中いっぱいに香りと甘みが広がり、鼻から抜けていく芳香と口の上を滑る蜂蜜の甘みに、目が丸くなった。

温度も少し温いくらいだ。ちょうどよくて、私は思わず黙々と味わってしまった。

「頭の中、少しは考えごとが吹き飛んだかな?」

「はい……! びっくりしました、とってもおいしいです。甘いですし……、はぁ、もうなくなってしまいました」

「暫《しばら》くは夕飯の後はミルクティーにしようか? ふふ、クレア、可愛いね」

「へ?」

唐突に可愛いと言われて驚いて殿下を見ると、殿下の手が伸びてきて私の上唇についたミルクティーをぬぐ、ぬぐわ、うわぁぁ?!

い、今拭こうとしてたんです! 殿下! 何を!

大混乱の私の前で、拭った指に口付けないでくださいますか?!

「明日も頑張ろうね。……浮気はダメだからね？」

「もう！　殿下！　しませんし、知りません！」

私は恥ずかしさのあまりに赤い顔を背けて口を尖らせた。子供っぽいと思って慌てて口元を引き締めると、手を拭った殿下が頭を撫でてくる。

「おかわり、飲む？」

「……いただきます」

もう1杯ミルクティーを飲み終わるころには、私の頭の中はすっかり落ち着いていた。

◇◇◇

バラトニア王国の首都は交易を行う海の近くにあり、港町までは日帰りで往復できる距離にある。

バルク卿が手紙を出したシナプス国には、予想通り製紙工房が溢れていた。

元々材料はバラトニア王国からの輸入品で、使う機械ごとの移設と前払いの賃金、住居、生活の保障は、あまり儲けられていない工房にはおいしい話だったようで。

10は欲しいと思ったのは、バラトニア王国に建てる工房である。シナプス国には100を超える製紙工房があり、そのうちの3割が手を挙げた。いくつか製法の近い工房をまとめて大きな工房にし、早急に紙を作る必要がある。

シナプス国にしても紙は必要なものだが、作り手が多すぎて納税が滞っている工房があったという。そういう工房を積極的に採用し、滞納していた税金をこちらの国で払うことで円滑にことが進んだ。

さらに嬉しかったのは、活版印刷の工房もいくつか手を挙げてくれたことだ。

内容は手書きでいいけれど、とにかく役人の間で使う書式が整えられるし、同じ凸版からバラトニア王国に行き渡るだけの書類の下地が印刷された紙が作成できる。必要な種類も多いので、同じく仕事が少なく納税が滞っていた工房をいくつも機材ごと買い取った。シナプス国にとっても負債だったこの取引は、恙《つつが》なく進むようだ。

で、私は港町に来ていたわけだが、当たり前のようにこの国には地図がない。

地図を作れる人を探さなければいけないが、一からでは遅い。

一からでなくとも、出来上がるのは年単位で後になる。

何も各地の城塞や関所の内部、貴族の館の青写真まで作るわけじゃない。国全体と、主要都市6つの地図があればいい。

地図作りに必要なのは、抜群の方向感覚と地形把握能力、高低差も加味して、いろんな道を知っている人だ。街も集落も人が集まっているところならどこでも知っていると、尚いい。

バラトニア王国の人は地図がないことが当たり前だったので困らなかっただろうけれど、今後、シナプス国から人が入ってくるように、他国からも人が入ってくる可能性がある。そのときに地図があれば、どこに住めばどんな仕事があるのか、そして、観光する人や行商人にも地図が売れる。

私が港町に訪れたのは職人と機械の入港を見届けて、どの地域に行ってもらうかを決めるためでもあるのだけれど、……港町から国全体に馬車を出している商人がいるはず、と睨んでのことだった。

商人ならば拠点から国中を回る。地図を作るのにうってつけだ。その、輸送担当の中にいい人がいないかを探すためにきた。

「中々見つかりませんね……」

「というよりも、渋っているのでしょう。輸送担当は大事な仕事です。荷を持って、もしくは金を持って逃げ出さないように、大事に育てた人材です。こちらから出せる物では、交渉材料として難しいものがあります」

護衛兼案内役のバルク卿の言うことはもっともだ。見通しが甘かった。

私はどうすれば商人を動かせるかを考える。港はきれいに整備されて倉庫が並び、海ではひっきりなしに大きな船の入港と出港が行われている。

当然ながら、国中に行き渡る商品というのは決まっている。魚、およびその加工品。今後は紙……というか、各所の書類の輸送もある。

鉄仮面の下で私が黙っている間、バルク卿は黙って後ろに控えてくれている。

「……！　ありました！　材料！」

ばっと振り向いた私に、バルク卿は目を丸くする。

「商工会議所に行きましょう。この材料は、どの商人が競り落とすのか……あの、私、交渉は下手なので……誘導してくださいね？」

強気に言ったものの、私は家族にすら口で勝てたことがない。

バルク卿は2度目を丸くして、小さく吹き出した。

「あー……本当に惜しいですね。あなたが主君の婚約者でなければ……、いえ、今は詳細を聞きましょう」

この人は何がそんなに惜しいのだろう？　と、不思議に思いながら、私は絶対にこの利権ならば地図を作るだろうという交渉材料をバルク卿に話した。

バルク卿も、それならば、と頷いてくれたので自信がつく。

商工会議所に、全国に販路を持つ商会の代表を早急に集めるように依頼をした。

会議は3日後に決まった。

◇◇◇

「本日はお集まりくださりありがとうございます。今日はある種の競りですので、お忙しいとは存じましたが決定権を持つ代表にお集まりいただきました。簡潔に話をすすめますので、よろしくお願いします」

私の挨拶に、……この国の人は大抵好意的ではあるけれど……顔色の読めない大きな商会の代表たちは頷いた。

集まったのは7人。全国に販路を、となるとこのくらい少ないらしい。あまり多くても困るのでちょうどよかった。

威圧感のない私が話をすすめるよりも効果的だろうということで、この先はバルク卿に任せることになっている。そっと場を譲った。

「今回は、地図の作成をお願いできる商会を探してのことになります。この国のあらゆる地形と集落や街を知っている、という自信のないかたは今お帰りくださって構いません。が、何組かの商会で組んで取り掛かってくださるというならそれもまた構いません。その分、利益は大きいので」

バルク卿の自信に満ちた声と言葉には圧倒される。私ではこうはいかない。絶対に途中で卑屈さが出る。

私はその『利権』を誰に渡すかの決定権を持っている人間だ。陛下と殿下にもちゃんと許可はとってきた。堂々と立っていることが仕事だと言われたので、それに集中する。

商人とは、弱気な態度を見せたらいけない相手だ。こちらが食われる。

「地図、というのはこの国の地形と道、各地の集落と街を記した図面になります。我が国にはない文化ですが、今後のためには必要になります。商人のかたにも必要になってくるでしょう。何せ、新人に地図を見せれば道がわかるので、いちいち道を教えなくていいのです。そして流通往来が盛んになるにつれ、地図は毎年更新する必要があるでしょう。地図作成部門を作り正確な地図を上げてもらうことになります」

国による新たな部門の設立。

外注業務になるので、支払いは国から滞りなく行われる。国との仕事というだけでもおいしいはずだ。

これは、王宮で設立するより商会に任せたほうがいいと私が判断した。何もかも国で管理するよりも、国に関わることを民間に任せるのは帰属意識を高めることになる。

商会の代表たちの間でいくつか言葉が交わされるが、まだ食いついてこない。本番はここからだ。

「地図作成部門を作ってくださる商会には、今後国で買い上げる以外の、全国に流通する紙とインクの専売、そして地図の図版の利権をお渡しします。さらには、国からの依頼で各地からの書類の輸送も頼むことになるでしょう。――話し合いは15分でお願いします」

紙とインクを作るための材料や職人は、国で雇う。しかし、出来上がった紙は今後、王宮以外でもかならず流通する。とくに商人は、紙を使った契約書に切り替えていくはずだ。

木簡の管理も、羊皮紙の管理も、紙より難しい。また、紙は材料費が安価であり、大量に作れて、使い勝手もよい。

そして、地図の図版の利権。これは、国から依頼されて作った地図を、紙に刷って販売する利権だ。持つことができたらそれだけで一財産築けるだろう。

国としても毎年更新される地図を買い付けることになる。

紙とインクについて商人たちは、戦後自由になった交易で把握している。それがどんな価値を持つのか、そして、国からの依頼での輸送という安定して高い利益をあげることのできる利権。

莫大な価値を持つ、地図、紙、インクの利権だ。

侃侃諤諤《かんかんがくがく》の話し合いになった。15分で済むかしら？　とバルク卿を見ると、無理でしょうね、と苦笑いが返ってきた。

◇◇◇

結局地図に関しては、商工会議所で取りまとめ、7つの商会が協力して作成と毎年の更新をすることになった。

利権も名義は商工会議所にして、紙とインクの販売は全国に販路のある彼らが同じ金額で販売、輸送の仕事は行った商会に都度支払われる、という形に落ち着いた。

バルク卿は最初からそれが狙いだったようで、このほうが早く普及しますから、と言われて舌を巻く。

こういう交渉なんかは、私にはやっぱり向いていない。なので、できる人にお任せしてできることをやろう、と思い、王宮での仕事と各工房とのやり取りを積極的に行った。

工房の人たちが余っていた在庫の紙も一緒に持ってきたので、すぐにも主要都市の役所と王宮に配布するために、活版印刷でテンプレートを何種類も印刷してもらった。大量に。

お金に関することは図版で罫線を引いた用紙を作らなければ、正確さを欠く。

活版印刷の仕事として、いずれ草案があがってきた地図も彼らの手で図版を起こされ、印刷されることになる。

そういったこれからの仕事の草案をまとめ、総務部の設立を行った。

あらゆる業務に通じる雑務から、あがってきた資料のチェックまで行い、殿下や陛下に提出する。

紙やインクは総務部で在庫を管理し、足りなくなったら総務部に申し出る。偽造書類も簡単に作れてしまうのが紙の悪い点だ。書き損じで廃棄する書類も、全て総務部で管理して徹底的に不正を避ける。そのため、総務部は新たに一室を与えられ、バルク卿が何人も文官を引き抜いて信頼できる人間で構成された部署となった。下働きまではそうでもないらしいけれど、充分だろう。

部署の整理整頓も済み、人頭名簿と土地の割り振りを管理する部署、名簿と土地から税を計算する部署、商会などの商売をしているところと公益に関する関税を担当する部署が1つ。税務部。

税金を元に四半期ごとに予算案を作る部署、余剰金を不作などで困窮したところに割り当てる部署、国庫の金銭の動きを細やかに記載する部署で、財務部。

今までの資料や歴史を記した木簡を元に本にしていく部署、各地の役所から上がってきた嘆願をまとめる部署、全ての部署に総務部や伝令から必要な物を配布する部署の、管理部。

そして新規創設の総務部。

（1ヶ月でやれることはなるべくやったわ……）

後は1年かけて現場の声を聞きながら整えていく。必要なところに必要なものを足して、不要なものは排除する。

ここまでの全ても、私は実務に関わったことがないので、陛下や殿下、バルク卿に相談しながら行ったことだ。権限がある、自由に発言してもいい、と言われても、実務経験のない小娘の描く夢絵図に実務を付き合わせるわけにはいかない。

間違えているかもしれない、けれど、私の目に必要だと思ったことはやったつもりだ。

仕事は朝の10時に始めて、殿下は毎日夜の7時には夕飯だからね、と言ってそれ以上私を働かせなかった。

私の指示でそれ以上働き、王宮に泊まり込んでいる文官も多いというのに……、でも、お言葉に甘えさせてもらった。

殿下は私と夕食を摂り、お茶を飲んで、それからまた仕事にもどっているのを知っている。だけど、私は夜は働かない。

私はこの国に嫁いできて、この国の1人になった。けれど、外から来た人間だ。日中だけでも私の指示で動くことに不満を持つ人だっているはずだ。息抜き……というか、知らないところで文句を言われてもいい。ガス抜きしてほしい。

一生懸命働いてくれているのは知っている。私がいきなり旧体制を変えてしまったから、きっと殿下や陛下、バルク卿にも不満の声が上がってきているはずだ。

私の耳には入れないようにしてくれているから、私も考えないようにしている。誰かに邪険にされるのは、実家で慣れっこだもの。

寝る支度を整えて、メリッサ、グェンナ、ミリーを帰して窓辺に座る。クッションにもたれ掛かりながら、夜の窓に映る色素の薄い自分の顔をぼんやり見ていた。

隈ができている。実は、心配であまり眠れていない。日中は、ミリーが得意の化粧で隈を隠してくれている。

今も、カモミールというハーブのお茶を飲んでいる。優しい甘さの、リラックス効果のあるお茶だという。

（私は一体何をこんなに不安に思っているのかしら……）

殿下は優しい。私も、充実して仕事をしている。悪く言われることには慣れているし、新しいことを始めるなら当たり前のことだ。

私の懸念材料は何？

その正体は、翌日祖国……フェイトナム帝国からの手紙が来てわかった。

3　不安の種

今、陛下と王妃様、アグリア殿下、そして私は、フェイトナム帝国皇帝……私のお父様からの手紙を前に、サロンで難しい顔をしていた。

最初からわかっていた、この国に間者がいることは。

そして、私は目立ちすぎた。

「……ついては、嫁に出したはずの皇女との婚姻の儀が結ばれていないことから、御国に第二皇女との婚儀の意思なしとして、第二皇女に瑕疵《かし》があると判断し、第三皇女との交換を要請するものとする。……馬鹿らしい！　国が整わぬうちにクレアを結婚させられるか！」

「あなた、落ち着いてください」

いつも優しく穏やかな陛下が声を荒らげる。

確かに私は嫁としてきたが、まだ正式には結婚できていない。それは、戦後の混乱もおさまらず、王宮の部署の乱雑ぶりを見てもわかっていたことだ。

私は確かにアグリア殿下と婚約しているのに、このような詭弁《きべん》を弄《ろう》してきたのは、養蚕と製紙技術、それに伴う地図や図版やノートや本といった、技術的革新が原因だろう。

私が王宮で派手に動けば動くほど、それは間者の目にも留まりやすいということ。失念していた。

しかし、私は自分が結婚する前に、この国の基盤を少しでも整えたかった。戦は勝っても負けても傷が残る。

少しでも民の仕事を増やし、余裕を作り、徐々に医療や本の導入を始め、学校を作り……、この国は交易と農耕に優れている。読み書きのできる人間は多くて困ることはないし、戦で空になった蓄えをまた増やす必要もある。

そのためには王宮でどこに何が必要なのか把握しておく必要があるが、戦で乱れた国内の情報が木簡であがってきていては、情報量も少なければ場所も取る。捌《さば》ききれなくて当たり前だ。

お父様は私の能力……勉強してきたことについては、見向きもしなかった。女は美しくあればいい、男を立てればいいという考えで、それなのに戦勝国にはその基準で言えば一番劣っている私を嫁にやったのだ。

死んでもいいと思って。

しかし、私の能力が使えると……危険だと判断した途端、これだ。

婚姻の意思なしと見るには早すぎるし、総務部設立からの時期が合いすぎる。

ちょうど、部署は新しく動き始めた。不慣れながらも、養蚕と製紙、活版印刷、他国との新しい交易、農業、漁業、商会との交渉、地図の製作がスタートしたのだ。

これからは紙ができたことで他国から仕入れた本を写本して販売したり、医師の育成も始まったりしていくはずなのに。

こんな難癖を付けてまで新しい風を入れて発展していくことが許せないのだろうか。

もっと、惨めでなんの意見も通らない生活を私がしていたらこうはならなかったのだろうか。

私はまた背中を丸めそうになったが、隣にいたアグリア殿下が肩を抱いてくれた。

「私はクレア以外を望みません。その要請、飲まなければなんだというのです？」

キッパリと言いきってくれた殿下を見て、私の目は潤んでしまった。私も、殿下以外は望みません、と言うだけの余裕は、陛下の次の言葉でなくなった。

「1ヶ月以内に要請に応じない正当な理由がない場合、開戦も余儀なく考えている。理由は、不当に当国の皇女を扱った侮辱行為だそうだ。……くそ、形だけでも先に結婚させるべきだったか」

「クレアは我が国の恩人、生ける知識の人です。気持ちの伴わない祝言などあげるわけにはいきません、……今はともかく、ね」

「はい、殿下……！」

しかし、私のせいで戦になってしまっては元も子もない。

そもそも、去年の戦にバラトニア王国が勝てたのは、その半年前にフェイトナム帝国が制圧戦争を仕掛けて疲弊したところを突いたのが大きい。

今は戦争から1年。まだバラトニアの食糧も兵も回復しきっていない。負けたら、また属国にくだり、いいように使われるだけだ。

それは許せない。私は必死で考えを巡らせた。

「陛下、3日ください。かならず、3日のうちにいい案を出します」

私は背筋を伸ばして、はっきりと告げた。

今は卑屈になるときじゃない。

◇◇◇

3日考えた。

もう王宮の部署は正常に回り始めている。総務部はバルク卿が頭となって、優秀な人材を揃え、新しい部署ながらしっかり機能している。

おかげで、私はそちらには顔を出さず、部屋であらゆることをシミュレーションしていた。

こう返答したらどう返ってくるか、こういう返事ならどう出てくるか。

3日考えに考えて、私は1つの結論を出した。

再度同じ面子《メンツ》でサロンに集まったとき、私は薄笑いを浮かべていた。

お父様、あなたは私をみくびりすぎました。女としての物差しでばかり私を測り、人間としての私の価値を評価していなかった。関心もなかった。

３日考えて、その間にこの国に来てからのことを思い出し、私は私が武器になることをしっかりと認識した。

「して、クレア……妙案は浮かんだろうか」

「ええ、お義父様。私、自分を人質にしようと思います」

「?! な、何を言っている?!」

「クレア?!」

陛下とアグリア殿下の声が重なる。王妃殿下は口を両手で押さえていた。

「私の頭の中には『フェイトナム帝国王宮にあった全ての本・資料の内容』が詰まっています。一言一句違わず。なので、こうお返事してくださいませ。――交換に応じても構わないが、１年の猶予をいただく。私クレアがフェイトナム帝国の例年の予算案から兵法、農耕、交易の関税、貴族年欄、各私兵の数を、貴国の属国全てに属国の言葉で詳細にお伝えしたらもどります、と。取り下げなければ、のお話ですが」

私は美しくも可愛くもない。淑女教育の敗北。

しかし、頭だけは……記憶力だけは飛び抜けてよかったことに、感謝した。私でもできることがあるからだ。

勉強は好きだ。好きなことは頭に入ってくる。私は、人より少しだけその度合いが強い。

フェイトナム帝国が戦をちらつかせてきたのなら、フェイトナム帝国の属国全てに情報を垂れ流し、バラトニア王国を旗印に一斉に独立戦争を起こす……、それも、フェイトナム帝国の情報を全て開示した上で。

バラトニア王国はフェイトナム帝国の北、他の属国は小国が連なる南にある。

私は、戦はしたくない。戦の理由にされるのもごめんだ。この手紙を書くことで、私の命はより危険に晒《さら》される。

そういう意味で私は人質になる。

今後一生、命を狙われるだろう。

それがなんだ。

死んでもいいと思って嫁いできたのだ。和平のための生贄にしていいと思われて送り出されたのだ。

有効活用してやる。私は簡単に死ぬ気はもうない。だけど、大好きになったバラトニア王国の人のためなら命を賭す。

「クレア……、まさか、本当に、それができるのか……?」

「えぇ、できます。全て覚えていますよ、1ヶ月前、この国に来る直前の何もかも」

「……生ける、知識の人……」

陛下は椅子の背もたれに深く背を預け、深く息を吐いてから立ち上がった。

「クレアの護衛を増やし、毒見役を徹底させろ。間者と思われる者は軟禁しろ。クレアの身の安全が、この国の安全だ」

は、と一礼して陛下の側近が下がっていく。

私だって、本当は怖い。手が震えているが、顔は微笑んでいる。

その手をアグリア殿下の手が覆った。温かくて大きな手だ。安心していい、と言われたようで、本当に口元が綻《ほころ》んでしまった。

今日から私は人質であり、脅迫者である。だけど、守ってくれる人がたくさんいる。

私は私にできることで、私を守ってくれる人たちを守らなければと気持ちを改めた。

◇◇◇

返事を書いてすぐ、要請の取り下げと謝罪をしたいので会談の場を設けたい、という返事がきた。

我が父ながら、損切りが早いというか、なんというか……私のことをどれだけ見ていなかったのかよくわかる。

私とリリアを交換したい、と言ったということは私が惜しくなったのだと思う。が、私は女らしさだけを求められていた場所にもどる気はない。

私の命をどうでもいいと思っていた場所にもどる気など、一切ない。下手をしたら、お父様の手元にもどれば私は殺されるか、よくて軟禁だろう。

リリアは今ごろ荒れているだろう。馬鹿にしていた私を失ったと思ったら、今度はリリアを私と交換する、と言われたのだ。

つまり、私のほうに価値を見出した、リリアは下に見られた。

ずっと下に見られてきた私は慣れているが、リリアは耐えられないだろうな、と思う。

「さすがにこれは受け入れねばならんだろうな……」

互いの国で結んだ『和平条約』があるから、あまり仲を悪くするわけにはいかない。

なんでもかんでも突っぱねていれば、それこそ開戦の意思ありと、痛くもない腹を探られることになる。

会談の場所は当然バラトニア王国王宮。日取りは1ヶ月後と決まった。

その日、殿下とお茶を飲みながら私は暗い顔をしていた。

「大丈夫でしょうか……護衛と銘打って500もの兵をつれてきかねませんよ」

「その辺は父上も長年属国になっていたからわかっている。この国は安全なので国境以降は10名の護衛のみ認めると、細かく条件を書いて返事をしたよ」

「そうですか……。戦は、悲しいですから」

「……うん。でも、私は自ら剣を取った。自ら戦を選び民と兵を煽動した。嫌いになるかい？」

「いいえ。戦を起こさなければならないとき、戦わねばならないときに戦わないのは卑怯です。あのとき、医療の支援があったのなら……独立は考えなかったのでしょう？」

私の問いかけに、アグリア殿下が目を伏せてうんと頷く。

病で民がたくさん死ぬかもしれない、そんなときに助けてくれない国にくだっていては、今後生きていけない。そう考えて戦争を起こしたのだろう。

生きるために戦う人を、私は責める理由がない。

「本当は君を隠しておきたいんだけどね……君は、命をかけてくれた。それは冗談じゃなく、命を狙われる危険があるということだ。だけど、会談の場に君がいないのはおかしい」

「はい。覚悟しています。……不安は、あります。ですが私は……アグリア殿下と、結婚、したいので……」

言っていて恥ずかしくなってしまった。だけど、私をずっと待っていて、笑えるようになるために戦って、迎えにきてくれた人。

ずっと、私に優しく、私を認めてくれる人。

好きにならないでいるのは、無理だろう。たびたび浮気しないようにと釘を刺されるのはよくわからないけど。

「まぁ、大丈夫だよ。表向きの護衛はバルク卿が務めるし、君につけた侍女は皆……、ねぇ？」

殿下が急に私付きの侍女たちを振り返る。私も釣られて振り返ると、彼女たちはどこに仕込んでいたのか暗器を持っていた。

目を丸くした。今までまったくそれに気づかせなかった彼女たちは、どうやら『そういった』戦闘のプロらしい。

「彼女たちは和平条約を結ぶ際に徹底的に身元を確かめ、訓練された護衛でもある。君は戦の前に危険を冒してくれている。だから、万が一間者に気取られてもいいように、最初から君にはこの手の侍女を付けておいた」

「アグリア殿下……」

「使節団が滞在中は君の周りは24時間彼女たちが持ち回りで警護する。安心して眠っていい。あと、1人では行動しないこと。いいね？」

「はい。……そういえば、弟君はその会談には？」

私の質問に、アグリア殿下はなんとも言えない顔をした。

「来るよ。かならずね。……浮気はダメだからね？」

「しないです！」

なんでここで浮気？　と思ったが、会談の日にそれは、功を奏しつつ理解できた。

◇◇◇

「救国の英雄、生ける知識の人にお会いできて光栄です」

私は苦笑いを堪えて目の前で跪き、私の手を取るアグリア殿下の弟君、ジュリアス殿下を見ていた。

アグリア殿下は片手で頭を押さえてその様を見ている。同じ赤髪だが、ジュリアス殿下は直毛を長く伸ばして1つに括り前に垂らしている。

瞳も金色に近く、私を見る目は……こういってはなんだが、崇拝に近い。

その彼が立ち上がるとアグリア殿下に食ってかかる。見た目とは裏腹に血気盛んなタイプなようだ。

「兄上！　なぜ婚姻しないのですか、兄上がそんな態度だからあちらも……」

「ジュリアス」

陛下がさすがに苦笑してジュリアス殿下を止める。

今回、フェイトナム帝国との会談のためにいち早くもどってきた彼は、何より先に私に跪いて挨拶をし、家族とろくに会話もしていない。

アグリア殿下は絶対に帰ってくると言っていたが、使節団が来るまであと1週間はある。

騎士団長を目指しているのにそんなに間を空けても大丈夫だろうか、と思ったが、彼はどうやら小麦アレルギーになった1人らしい。だから、私の危機（？）には絶対駆け付ける、という意味だったようだ。

これでバルク卿（彼は元騎士団員で内政方面の才能もあったことから今は文官をしているらしい）と、現役の騎士団員のジュリアス殿下、侍女のメリッサ、グェンナ、ミリーの５人は最低でも護衛としてついてくれる。寝ている間もだ。

アグリア殿下の剣の師匠はバルク卿らしい。アグリア殿下の腕前は、師匠であるバルク卿が太鼓判を押してくれたので、一番そばにいる人に守ってもらえるというのも心強い。

私は、私を盾に祖国を脅した。それが手元にもどってこないのなら、何がなんでも私を殺したいだろう。いつ、その脅迫の内容が行使されるかわからないのだから。

私は脅迫者であり、祖国に命を握られている人質だ。

私は私のことを守れない。私が殺されれば、再度戦になり、そのとき私は死んでいるから無力だ。……ちょっとだけ、内緒で手は打ってあるけれど。

その人質としての私をどう解放するか、それについて今日は話し合いをする。

会談のすすめ方とも言える。あくまで向こうは『謝罪』をしに来るのであって、私を殺しに来るとは言っていない。誰がどう考えたって私を殺しに来るのだけれど。

間者と思わしき人たちは軟禁生活を送っている。冤罪の可能性もあるので、完全に監禁するわけにも行かず、協力をお願いする形だ。

皆、畏《かしこ》まりました、と王宮に与えられた部屋で静かに生活を送っている。王宮の最上階……５

階の部屋で、兵士2人が1人の部屋の前で門番をしている。

間者と思われる人たちには親族がおらず、身元の保証ができない使用人だ。下働きは平民から雇い入れるのが祖国でも当たり前だったから変には思わない。

私たちの身の回りの世話をする侍女や執事については、もちろん皆身元の保証が付いている。下働きは人手が足りなくて困っていたが、港町の商工会議所に相談をしたら大きな商会の身元のしっかりした下働きの人たちをこの期間だけ雇わせてくれた。

コネは作っておくに越したことはないな、と思う。

そんなことを考えてる間にジュリアス殿下と陛下たち家族の近況報告と状況の共有が終わったようだ。

「私の命の恩人のクレア様をむざむざ危ない目に遭わせたりはしません！　さぁ、どうハメてやりましょうか！」

ジュリアス殿下は間違いなく直情型で、ちょっと過激すぎる気がするが、ハメてやる、という考えは面白いなと思った。

「ジュリアス殿下のハメる、っていいと思います」

サロンで席に着いたのは、先日と同じ陛下と王妃様、アグリア殿下とジュリアス殿下、私、バルク卿。後ろには侍女のメリッサ、グェンナ、ミリーが控えてお茶を淹れ茶菓子を並べてくれている。今日からは人が増えた。

会談に関わる実務方面と、普段の業務は宰相閣下が行ってくれている。仕事が何倍にも増えて申し訳ないが、今は戦の回避と、そのために私の命を守ることが最優先だ。

「ふむ？　よくわからんが、ハメる、とは？」

陛下の言葉に私は慎重に言葉を選んだ。

頭の中にはたくさんの考えが巡っていて、私はそのとき、自分が薄く微笑むことを最近理解した。

まるで物語の中の悪女だが、なにせこちらは命を狙われている。いくら護衛を付けても万全ということはない。間者からの私が治世に関わった報告と返答の手紙があり、手元にもどせない以上は完全に命を狙いにきているのだから、私にできる手段で私を守ろうと思う。

たくさんの本たち。没頭した勉強。

ここにきて、私は祖国で学んだことで祖国から身を守ろうとしている。面白い話だ。

でも、この国に嫁げたことは嬉しい。私にとっては、あまりに居心地がよくて。死ぬつもりで嫁いできたせいか、そのつもりで嫁に出されたせいか、祖国への愛着はほとんどない。……仲良くできるなら、それが一番よかったけれど。

「私、毒を呷《あお》ろうかと思います」

「は?!」

「いかん！　早まるな！」

「だ、ダメよクレアちゃん！」

「それなら私が毒を呷ります!!」

アグリア殿下に続いて、陛下、王妃様、最後のちょっと的外れなのがジュリアス殿下だ。

こんなに心配してくれるなんて、と嬉しくて笑ってしまったけれど、頭を切り替えて作戦を話す。

バルク卿だけは最初からわかっていたようで、作戦内容を納得顔で聞いていたが、私のある意味悪辣な手段に他の方々は引いていた。

「しかし、それは……危険ではないか？」

「メリッサたちがいますし、私はどのみち、戦闘面ではなんのお役にも立てません。徹底的に自分を利用しようかと思いまして」

「ふぅむ……感心せんな……」

「私も反対だ。クレア、万が一にも君が床に伏して帰ってこないなどとなったら……」

「そうならないための知識ですよ、殿下」

私の頭の中には医学書と同じく毒薬の知識も入っている。王族という地位を利用して禁書も粗方読んできたのだ。

毒も薬も使いよう。私は呷る毒も解毒剤も自分で用意する。

これぱかりは他の人に任せられない。知識の面で私のみが知っているということは、他の誰も解毒剤についての知識がないということであって、信用できないというわけではない。

そして、黙っているけれど、もう1つ調合したいものがある。はたから見れば毒薬と解毒薬を調合しているだけに見えるだろうが、誰にも言わずに、もう1つ私の命を守るものを作っておきたい。

「でも……それで、丸く収まるかしら?」

「使節団は、戦を仄《ほの》めかしたことからも、お父様と妹のリリアがいますでしょうね。ことがことですから。他は皆戦闘員だと思いますが、私が毒を呷ったら戦闘員は仕事がなくなります。政治的な面で攻めてくるはずですので、そちらの舌戦は陛下たちにお任せしようかと思います」

そして、私は裏方に回る。

毒を呷って、部屋にもどり、すぐには解毒剤を飲まない。まだ私はアグリア殿下と婚姻したわけではないから、お父様とリリアが見舞いたいというはずだ。

まずは国と国の間の平和が先決だ。私の勝負はその後の、見舞いの段に掛かっている。

何がなんでも、私をこのタイミングで殺さなければならなくなった。

使節団が来る前でもいけない、それは即《すなわ》ち間者がまだいる、というフェイトナム帝国側の落度になる。

使節団が来た後でもいけない。使節団の中に間者を紛れ込ませて、フェイトナム帝国側が私を殺したという風に見られる。

だから、使節団が訪れたその日、一番遅くて晩餐の時間。この時間に私を殺さなければ、フェイトナム帝国には、私という脅迫者であり人質に対する打つ手がなくなる。

お父様、私のこと、よぉく思い知ってくださいね。

4　本当の、戦の終わり

「無理な要請を出したこと、心よりお詫び申し上げる。バラトニア国王」

「こちらも戦後処理で中々式まで手が回らず、要らぬ心配をおかけ申した。この通りクレアは我が息子のアグリアと順調に愛を育み、国のために献身してくれている。素晴らしい皇女を嫁にいただけて感謝の念にたえませんぞ、フェイトナム皇帝」

表向きは穏やかな挨拶から始まったが、これを私なりに翻訳すると、少しややこしい。淑女教育の敗北なので、あくまで翻訳・私、だけれど。

『戦したばかりなのにまた戦とか言っちゃったのは、クレアが脅威になるので返してほしかったからなんだ。でも、脅してきたし返してくれないなら、せめて殺させてくれたらもう少しこちらの国も他の面で譲歩するし別の王女も渡すよ？』という、フェイトナム皇帝に対して、『戦したばかりでお互い国力が衰えてる。そっちと違って属国もないのだから、復興に時間が掛かって当たり前だろ。クレアはそっちが寄越したんだからもうこっちのものだ、返さないし殺させもしないぞ』という、なんともにこやかな挨拶だと思われます。

自信はないけど、アグリア殿下のお顔を見るに、たぶんあっているだろう。

王侯貴族ってこういうものだ……私、遠回しな物言いにしようとすると固まってしまうので、本当に淑女教育の敗北だと思う。とてもじゃないが交ざれない。

お父様の隣には予想通り着飾ったリリアがいて、金色の髪をゆるく巻いて編み上げ、ルビーの瞳で私の隣のアグリア殿下に微笑みかけている。

アグリア殿下はなるべく目を合わせないようにしながら、時折私に視線を向けて微笑んでくれるので……あ、リリア、微笑みが引き攣《つ》っているわ。なんだか珍しいものを見た気がする。

よほど、お父様が私とリリアを交換する、とした判断が悔しかったのだろう。その上色目を使っても、アグリア殿下はなびく気配もない。内心、とても荒れているんだろうな。

しかも私の反対側の隣には見た目は理知的なジュリアス殿下がいて、後ろにはバルク卿がいて……リリアがどこを見ていいのか、目移りしている。誰も微風に吹かれたほども関心がなさそうだけれど。

こんな感じにリリアは私のことなど見ていないので、私はリリアを観察することができた。陛下たちの舌戦はさっそく始まっていたが、さすがに実の親に挨拶しないわけにもいかない。

「お久しぶりでございます。フェイトナム皇帝陛下におかれましては、ご健勝のほど、何よりです」

「うむ……其方《そなた》が元気でやっているようで何よりだ」
「リリアも、久しぶりね。あなたも元気そうでよかったわ」
「お姉様は少しお痩せになりました？　食べ物が合わずにご苦労なさっているんじゃないかしら」

リリア、それは『今から食べ物に毒を仕込む支度はもうできてるのよ』と言っているくらい、ここの皆さんはわかるわよ、と困った顔で見つめる。淑女教育は完璧なはずなのだけれど、やはり相当怒り心頭にあるようだ。たぶん、動揺しているか、いつも王宮で言っていたように私に嫌みを言いたくてしかたがないのだろう。

お父様（祖国のほうの父）も、この言葉には顔がやや引き攣っている。リリアは相当鬱憤がたまっているようだ。これはハメがいがある。

「そんなことないわ。たぶん、たくさん動いているから痩せたのかもしれないわね。この国のご飯はとてもおいしいのよ。晩餐が楽しみね」

私は無難に、なんの含みもなく微笑んで返した。作戦中だと思うと、どうにも顔が笑ってしまう。私が笑った顔なんて見たことがないリリアは、それはよかったですわ、とだけ言ってそっぽを向いてしまった。

今は応接間の1つでこうしてお話ししているが、フェイトナム側は護衛は10人、全て武官で揃えてきた。

私が1人になればいい餌食だろう。ただ、こちらもバルク卿とジュリアス殿下、そしてアグリア殿下も帯剣している。王侯貴族の帯剣は正装の面もあるので許されるが、護衛は2人を除いて武装解除されている。貴族は2人、あとは腕っ節で選んだのだろう。

さて、夕飯の席で毒を呷る前に、『中和剤』を飲んでおかないと。

私が呷るのは致死量ではないけれど、フェイトナム側でも毒を盛る算段があるのはリリアの動揺からも明らかだ。

私が飲むのは息苦しくなってとても手足が痛くなる毒だから、あらかじめ中和剤は飲んでおく予定だった。

……リリア、こんな場で男漁りをしながら、時々私のほうがいい待遇をされていることを羨む顔をして……少し、はしたないと感じてしまう。もう窘《たしな》めてあげる理由もないのだけれど。

私、こんな馬鹿な子に馬鹿にされていたのか。そう思いながら、紅茶に蜂蜜を入れる際に、袖に隠した中和剤をそっとカップに注いだ。

今日お茶を淹れてくれたのはミリーだ。

おいしい紅茶にはお父様もリリアも目を丸くしていた。紅茶に関して、お義父様とお父様が新たな輸出入か技術者の育成ができないかと和やかな取引を始めている。

ミルクティー、すっかり私の好物になってしまった。

◇◇◇

毒を仕込む、とリリアが予告してくれたので、私はメインディッシュで喰らう予定だった毒をスープに回してもらった。

空豆のポタージュ。色が独特の緑色なので、かえって目立たないかもしれない。向こうが仕込む隙がどこにあるのか、警戒はできても完全に防ぎきることは難しい。

だから先に、私は毒を呷る。

自分の毒なら解毒剤が効く。給仕担当はメリッサなので安心して頼むことができた。

「では、フェイトナム帝国とバラトニア王国の平和を期して」

お義父様がそう告げて盃を掲げ、食前酒を飲む。その間に目の前に置かれた空豆のポタージュは、主催側のバラトニア王国から口をつける。

私はバラトニア王国側なので、陛下が口をつけてすぐにスープを一口啜った。

すぐに口の中が痺れてきた……お父様たちが飲む前に、私は倒れなければいけない。

「うっ……！」

カシャン、とスプーンを取り落として、膝の上に載せていたナプキンで口を覆った。

効き目通りだ、手足が痛む、気管が狭くなって胸が苦しい。中和剤を飲んでいるから息ができないまではいかないが、大袈裟に椅子から転げ落ちる。

「クレア！」

アグリア殿下が私に駆け寄り身体を支えてくれる。痺れた舌をなんとか繰って、私はか細く言った。

「だ、誰かが、スープに毒を……」

「くそ……、とにかく、今は彼女を部屋に」

ここから先は、あらかじめシナリオを伝えてあるので、私はメリッサとグェンナにつれられて部屋にもどった。

後は見舞いたいという父とリリアがボロを出してくれれば一番だが、ここでお義父様がお父様に舌戦で勝ってくれれば、それでもいい。

この先のシナリオはこうだ。

お義父様が「先般の戦で恨みを持つ者が多く、万全を期しているがこのようなことが起きてしまった。当然厨房で毒見役を通してはいるが、配膳の途中で仕込まれれば守り切れない。クレア殿はそれでもいい、と王宮にとどまってくれているが、他の皇女殿下にそのような覚悟はあるだろうか？」と、お父様に突きつける。

リリアにそんな覚悟などあるわけがない。毒を仕込むことは考えても、仕込まれる覚悟などもちろんない。もうろうとした意識の中で、リリアが青い顔をしていたのを見たので間違いない。

お父様もそこはわかっているだろう。そこで「そんなところに娘を置いてはいけない。和平条約の項目をなくしてほしい」と言い出すはずだ。

お義父様が「フェイトナム皇帝。それでは先の要請と何も変わりませんな。クレア殿はわかっていて嫁いできた、あなたもわかっていて嫁がせた。和平を強固にするために。なのに今更和平条約の変更というのは、謝罪ではなくやはり開戦がお望みか？」と追い討ちをかける。

そこでお父様は返す言葉をなくすだろう。

私は『殺されてもいい』皇女として送り出された。敗戦国の皇女の処遇など、戦勝国の思うがままだ。条約の項目に了承してサインしたのはお父様なのだから、それを覆すようなことはこれ以上言えない。

それ以上の舌戦は無意味だし、私が毒を呷ったことと、リリアがうっかり『間者に毒を盛らせるわよ』と遠回しに言ったこと、そして私が先に毒で倒れたことで、晩餐は中止になるだろう。

この時点で私の目論見は8割達成だ。ベッドに横になったまま、薄く笑う。

私はこの国に『在留しなければならず』『お父様もそれを反故《ほご》にできず、交換もできない』し『間者を引き上げさせなければ毒の疑いはフェイトナム帝国に向く』ことになる。タイミングがよすぎるもの。私の仕込みだけど。

実は、間者と思われる人の隔離の時点で、手紙のやり取りを禁じなかった。身内はいなくとも王宮で働くのだ。

後見人となったバラトニア王国の貴族などが手紙を寄越すのだが、そこで内容を精査し、既に特定は済んでいる。返事には、軟禁されていることを仄めかすようなことが書かれていればやり直しをさせた。命は取らないと言えば、素直に従った。

軟禁されている中に、本当の実行犯はいない、とわかった時点で別に調査をすすめた。

お父様たちが帰った数日後には、その相手は、身元を保証している貴族ごとまとめてフェイトナム帝国に送り返す予定だ。そこでどのような扱いを受けるかを思うと心が痛むけれど……、精いっぱいの便宜を図ってくれるように嘆願書はもう書いてある。

あとはいよいよ、見舞いの席で私の命を狙うかどうかだ。

私は目を伏せる。本当はわかっていたけれど、ちょっとだけ悲しい。

アグリア殿下、絶対そばにきてくださいね。

◇◇◇

寝室にノックの音がして、メリッサが開けてくれる。

お父様とリリア、そしてアグリア殿下が、ミリーに先導されて入ってきた。

ベッドサイドの椅子にお父様とリリアが、そして反対側に殿下が立ち、ミリーはお父様たちの斜め後ろに控えた。

メリッサとグェンナはベッドを挟んで向かい側、殿下の少し後ろだ。

「大丈夫か……クレア」

お父様が本当に心配しているような声で私を呼ぶのでびっくりしてしまった。まだ呼吸は苦しいが、顔を見ると今までに見たことがないような、悲痛な顔をしている。

どうして？　私のこと、一番要らなかったからこの国に送ったのでしょう？　なんて聞けない。

今更惜しくなったにしても、目の前で殺されそうになった演技は効いたのだろうか。

リリアは青褪めた顔で横に座って拳を握っている。間者を使って私を毒で殺そうとしたのは知ってるのよ、でも、覚悟が足らなかったのかな。

私もそうだけれど、人が死ぬ、ということには、私たち慣れてないものね。

「えぇ……、薬湯も、飲みましたから……じきによくなる、かと……」

「……そうか」

お父様が悲痛な顔のまま頷いて立ち上がる。リリアも、続いて立ち上がった。

「我々は明日の朝発つ。……クレア、せめて苦しまずに」

ベッドから2人が離れたところで、お父様が小さく言った。

瞬間、ミリーの暗器が私に向かって飛んできたのを、殿下の剣が弾き、メリッサとグェンナがベッドを飛び越えてミリーを床に取り押さえた。

お父様の驚いた顔、リリアの小さな悲鳴、呻《うめ》くようなミリーの声。

「残念です、お父様。間者はみんな押さえました。……そして、私の周りにいる人も、みんな、

洗いました」

メリッサのことはグェンナに。グェンナのことはミリーに。ミリーのことはメリッサに。それぞれ口外無用で洗わせた。それも互いに疑いの目が向くように、わざと個人単位で呼び出して、『あなたが一番信頼できる。他の二人と洗って』とお願いする形で。

王宮がいくら信を置いていても、心の中までは見通せない。

戦をしたのだ。

この中で、ミリーだけが病で先に母を、戦で父を亡くしていた。私が憎くないはずがない。

中和剤を入れたミルクティーすら、少し痺れる味がした。平気で飲んでいたから、きっとミリーは焦ったに違いない。

リリアがボロを出したから、ではなく、ミルクティーに既に毒が仕込まれていたから、私はスープを先にした。

最初に出てくるメニューだ。お父様もリリアも私が毒を飲んだ晩餐などその後口にしないだろう。

国と国の平和が先、私のことは後。

千載一遇のチャンスだったろう。憎い国のトップを、まとめて殺すには。

「離して！　離しなさいよ！」

ミリーが泣きながら暴れる。

どう見ても不利な状況なのに、私に刃を向けた。殺れるのなら、きっと殿下もお父様もリリアも殺したかったに違いない。

「残念ですわ、お父様……私を殺したいでしょう。ですが、私は死ぬ気はありません。……この国の人の痛みに、殺される気もありません」

ミリーは父がその点で目を付けていた。恋人との逢瀬のフリをして祖国と繋がり、私を殺す機会を狙っていた。

父に私のことを報告していたのも彼女だ。

一番近くにいる侍女という立場と、古い貴族の第二子という立場、その上で暗器の訓練を積んだ彼女なら、私を殺すのはいつでも容易《たやす》かった。

でも、彼女はお父様たちが目の前にいるときに私を殺したかったようだ。ミルクティーの中に毒を仕込んだのは、私が予定より早く倒れれば……死ねばいいと思ってのことだろう。

だけど、倒れなかった。驚いた顔は目の端でしっかり捉《とら》えていた。

そしてメインディッシュからスープに変えてもらった。

作戦は筒抜けだったから、リリアもボロを出したのよ。あの子の淑女教育は完璧なの……本来なら。

「ミリー……、全部間に合わなくて、ごめんね……。でも、死んであげないから、だから……、国が変わるのを、見ていて」

とはいえ、フェイトナム帝国に生家ごと押し付けられるのは決まっていることだ。この国には置いておけない。だから、隣国から見ていてほしい。そして恩情を得るためにも、私だけが毒を喰らう、という必要があった。私……フェイトナム帝国の第二皇女であり、バラトニア王国王太子妃となる私の、嘆願書が役に立つ。

部屋からミリーがつれ出され、呆然と立つお父様と、床にへたりこむリリア。私を守るためにメリッサとグェンナとアグリア殿下が、間に立つ。

「フェイトナム皇帝。私の婚約者でありあなたの娘に対する殺人の意思、確かに確認した。――連行しろ」

警備兵を呼んで、お父様とリリアがつれて行かれる。今日のことを表沙汰にすれば、バラトニア王国の各所で憤懣《ふんまん》の声があがるだろう。

朝まで軟禁し、速やかに帰ってもらう。

今日の出来事は秘されることになる。それでこそ、ミリーの家もミリー自身も生かされる。

私はやっと解毒剤を飲んで、水をもう1杯飲んで、息を吐いた。

そう簡単に解毒されるものじゃない。

ミリーのような人は国中にいっぱいいるだろう。

「……よい方向に、すすめてください、アグリア、でんか……」

解毒剤の効果で眠くなる。私は意識が落ちていくまま、布団の上で寝息を立てた。

◇◇◇

「う……ん？」

頭の中は妙にすっきりしているが、身体が痛い。腰とか肩とかがひどく凝ってる。え、痛い。起き上がれない。

「クレア様っ！　い、今お医者様と殿下を……あ、お水、グェンナ！」

「クレア様、目が覚められてよかった……！　ゆっくり、起き上がれますか？　無理そうでしたら少しお身体を解しますよ」

「お願い……腰も背中も石みたいで痛いわ……」

メリッサが慌てて部屋を出て行き、グェンナが涙目で私のそばにきて身体を解してくれた。いつの間にか寝巻きに着替えていて、喉はカラカラ。声も掠れている。

グェンナが言うには、私は3日ほど寝ていたらしい。

汗をたくさんかいたようで、きれいに拭いては着替えさせてくれていたようだ。解毒には成功している。息苦しさも痺れもない。手を握ったり開いたりしてみても、痛みもない。

「クレア！　……よかった、本当に……」

アグリア殿下は息を切らせて駆けつけてくれた。背後にはジュリアス殿下もバルク卿もいる。

みんなで仕事を放り出したらダメでしょうに。

笑って殿下に手を取られて、もう片手で殿下の頭を撫でた。大丈夫です、私意外としぶといですよ。

「……ご心配を、おかけしました」

「本当だよ……、君が、そのままずっと目が覚めなかったら……」

「大丈夫ですよ。……思ったよりも時間がかかりましたが」

ただいまもどりました、というと、涙目の殿下が笑って、おかえり、と言ってくれる。

幸せだ。

ジュリアス殿下とバルク卿も私の様子を見て安心したようだ。

私は寝巻きだしまだ起き上がれそうもないので、今日の面会はここまでです、と言ってメリッサが彼らを追い出した。


翌日から数日かけて私は重湯から食べ始め、起き上がる練習をして、部屋の中を歩き回った。

湯浴みもして、ちゃんとした服を着て身支度を整え、あの作戦会議をした面子……そこにミリーはいなかったけれど……と、再度顔を合わせることができた。

王妃様……お義母様には抱きつかれて泣かれてしまった。本当に、私はここに嫁いできてよかったと思う。

「どうなりましたか？」

「ふむ、……バルク卿、説明を」

「はい。……クレア様のあらかじめの指示でなければ、ミリーは死罪、生家は取り潰しでしたが……、指示通りに『間者は家ごとフェイトナム帝国へ』送還しました。先にお預かりしていた嘆願書も添えて。また、あちらの皇帝と第三皇女は、我が国の王室への殺人未遂……と、なるところでしたが『クレア様はまだ婚姻をしていないので』王室の一員とはせず、王宮を騒がせた責任で、こちらの王室からの要求として医者や医学書、薬師の派遣と賠償金で、翌日お帰りしました。……甘いのでは？」

「ふふ、二度とこの国にちょっかいを出さない、というのも折り込み済みでしょう？　でなければ、私、本当に属国を全部一斉蜂起させせますからね」

今回のことで、完全にフェイトナム帝国はバラトニア王国に首根っこを押さえられた形になる。

私を殺すチャンスは、今回の1回だけ。

平時に私を殺してしまえば、和平条約がある限りバラトニア王国の王室が国内を粛清し、婚姻前だからもう1人王女を寄越さなければならなかった。それもまた、婚姻前に殺されたらもう1人だ。さすがにフェイトナム帝国としても、属国でもなくなったバラトニア王国に皇女が殺されるとわかっていて3人も寄越すわけにはいかない。

あの要請の手紙が来て、私は脅迫じみた返事を返した。それで、チャンスは1回だけになった。

ミリーは、メリッサとグェンナの情報をどうやらフェイトナム帝国には流さなかったようだ。憎いのはフェイトナム帝国、ひいては戦争を起こしたバラトニアの王室だからだろう。手駒として使われることを選んだものの、自国の仲間までは売れなかったようだ。

私も、ミリーも、甘い人間だ。そして、お父様もリリアも、私をみくびっていた。

今後二度とバラトニア王国相手に強く出ることはできないし、呑めない要請はなくなる。

バラトニア王国の陛下は変な無理は言わないので、余計に。

私はこれでバラトニア王国の医療が少しでも発展するのなら充分な成果だと思うし、だけど、これ以上命を狙われるのはごめんだ。

ミルクティーのカップを置いて、隣のアグリア殿下を見つめる。

「殿下。お願いがあるんですが」

「なんだい？」

「結婚しましょう」

この流れで言うのもどうかとは思ったけれど、私は殿下との婚姻をこれ以上先延ばしにする必要は感じていない。

公務はしっかり回り始めたし、結婚資金として、今回の件の賠償金には持参金もたっぷり嵩《かさ》ましして請求してもらおう。

それに、ここにいるのは全員信頼できる人だ。ジュリアス殿下とバルク卿が少し変な顔をしていたが、お義父様もお義母様も、メリッサとグェンナも喜んだ顔をしている。

「そういうのは……私から言いたかったかな？」

「殿下は最初の宴のときに言ってくださいました。懸念はほとんど片付きました、課題はまだ山積みです。課題に取り掛かる前に、私、殿下と一緒になりたいのです」

遠回しな言葉は苦手だ。淑女教育の敗北は、今後の外交のためには少しは挽回したいけれど。

お互い好き合っている男女の間で、言葉を取り繕う必要性は感じない。

「クレア、改めて、私と結婚してほしい」

私の顔は、自然に笑っていたようだ。頬が少し熱い。

私は殿下の手を取って、はっきりと告げた。

「はい、喜んで。アグリア殿下」

5　文化の違い

いざ結婚しましょう、と言ってその運びになってから、私はずっと準備に追われている。

バラトニア王国に宗教はない。教会もだ。その代わり、王族がその役割を果たしている。王室にいきなり入ったのでその辺の勝手がわからず、市井の感覚もあるバルク卿に聞いてみると、王様はちょっとした神様扱いらしい。

確かに、自分たちの生活を管理し、運営し、かつ紙という物がなくとも、もしくは過去あった物を持っていて広く知られていないことを知っている。

その上、王室はとくに清潔な生活と、口伝で受け継がれてきた医療を行える医者がいるから、国の平均寿命より長く生きられる。

フェイトナム帝国では平民でも入浴は当たり前のことだったが、バラトニア王国では植民地化されるまでは公衆浴場すらなかったのだから、冷たい水で身体を拭くくらいが関の山では……確かに、よくあのときまで病が流行《はや》らなかった、と思う。

「バラトニア王国についても勉強してきたつもりですが、実地でなければわからないことも多いですね」

「持ち込みの禁止は持ち出しの禁止にも繋がりますから。書面に起こさない慣習などは持ち出せないでしょう。これだけの国土があって、人民がいて、それを治めているというのはクレア様が思うより、民には神の行いのように見えることでしょう」

王族が神と同一視されている国は他にもあった。ただ、そこは小国であったり、識字率がものすごく低い国だったりしたが。

「食べ物を扱うからでしょうが、平民もかなり清潔さには気を遣っていますよ。髪にシラミがわくような生活をしている者は、元からほとんどいません」

扱っているのが、穀倉地帯なだけあって食べ物だから……というのは納得できた。

運河と呼べるものはないが、枝分かれしたそれなりの川は国中に行き渡っている。でなければ農作物は育たない。

そこにフェイトナム帝国の介入で上下水道の完備と公衆浴場ができた。より一層人々は生活に気を遣い、確かにこれなら大国とも言えるだけの人民を有してときを待てば、フェイトナム帝国に勝つことも可能だったろう。

「戸籍は管理してるんですよね？」

「もちろんです。今、書式の印刷された紙に写しているところでしょう。ただ、戸籍の管理はそれぞれの地方の役所に口頭で届け出て、式は集落や親族で宴会をするというのが一般的です。王族はそれに加えて祭を催し、広く国民に知らせます。――人民が証人であり、証書のような物はありません」

「ない……?! け、系図はどうしているんです?」

「王族は辛うじて、羊皮紙に残してます。ただ、貴族や平民はしませんね。役所への申し入れ、それが木簡で届いて国で管理、それだけです」

「……結婚契約書がないなんて……」

「気軽なものですよ。別れたらその旨を役所に、子供が生まれても役所に届け出さえすればいい。しかし、今回紙の流通が始まった……、どうでしょう? クレア様がこの国の、新しい結婚の形を作るというのは」

「私が……」

確かに、役所に申し入れてそれを管理するのが国というのはいいと思う。王族の結婚は人民が証人という形も悪くはない。

だが、貴族がくっついたり別れたりするのになんの契約も誓約もないとなれば……管理されている領民にとっても、首をすげ替えたり、当主が亡くなって婿をとって誰の家名なのか混乱したりと、不便もあるはずだ。

民はまだいい。管理側に不便がある。

全てを変える気はないけれど、私は真剣に結婚契約書の内容だけでも考え、王族、貴族、平民の管理を容易く、さらに言えばもっとつながりを強くさせる仕組みを作りたいと思った。

「……まったく新しいことをする気はありませんが、今後は雇用や職業の幅も増えます。職人も今は外国から引っ張ってきたばかりだからいいですが、国内からも跡を継ぐ人を育てていかねば続きません。まずは、結婚、という家と家……人と人とのつながりを強くしませんと。辞めたいから辞める、がまかり通るようでは、産業が続きませんから」

私の言葉にバルク卿は目を伏せて頷き、後日どんなものが必要か、改めて勘案をあげることとして総務部での話し合いを終えた。

まさか……結婚する仕組みに手を加えるところからになるとは、思っていなかった。

◇◇◇

私は頭を抱えていた。

個人的には、結婚も離婚も自由でいいと思っている。だから、あまり細かいことを決めたくはない。それがこの国の風土ならば尚のことだ。

だが、職人が今、この国に入ってきている。

養蚕、製紙工房、図版の製作、インクの製作、絹の生産。

これらは諸外国に簡単に手放していい技術でもなければ、ある程度許可制にしなければ見様見真似の粗悪品ができたり、原料の横流しなどで原価が高騰することがある。

幸い識字率は低くはないし、役所も各地にあって不便はない。

そう考えると、宗教とは便利なものだと思った。

神に誓えば、自ずとそれを裏切ることは心の中にブレーキがかかる。

暴力を振るわれたり、理不尽な目に遭わされたり、浮気をしたりしても別れるな、というのはあまりに非効率的ではある。それなら今の仕組みのほうがいい。

職人……雇用に関しては、契約書を交わして雇用主と働き手の間で契約をしてもらえばいい。

その名簿はかならず国に提出させて、辞めるとき、入るときにも連絡を貰う。その際、辞める理由の提出も義務付ける。技術の流出はある程度はしかたがないが、それでも締めるところは締めすぎない程度に、しっかり管理しなければ。

雇用に関しては、これはまぁ後でもう少し詰めていけばいい。バルク卿や現場の声を聞いて、もっとよい方法を思いつけるかもしれないし。

「……レア」

問題は結婚と出生、死亡の届出だ。

とくに王侯貴族に関しては、しっかりとした決まりを作ったほうがいい。血を重んじて存続している家系、そして領民をまとめて領主となる家が、平民と同じ仕組みでは混乱を招く。

「クレア」

はっ、として顔を上げた。手の中にあったミルクティーは、すっかり冷めてしまっている。

「大丈夫？　あまり、根を詰めすぎないで」

「すみません、せっかくのお茶の時間に……」

「いいんだよ。私たちの結婚のことだろう？　考え込むのもいいけど、私は王太子だよ。相談してくれてもいいいんじゃないかな？」

優しく笑いながら言われてしまった。

私は、この国の王太子妃にはなるけれど、この国のことをまだまだ知らない。

一番身近な人に相談しなくてどうするというのだろう。私は、この人とちゃんと契約をして結ばれたいのに。

冷めてしまったミルクティーを一気に飲み干す。あ、冷たくてもおいしいな。

おかわりを淹れてもらっている間に、アグリア殿下にも婚姻の契約について考えていることをたどたどしく話した。まだ何も、ちゃんとした形は思いついていない。

平民は今のままでもいい。自分の名前の書き方も知らない農民は多い。役所に虚偽の届出をしたところで、何か不正があるわけでもないし、夫婦だからと手当が出ることもない。

王侯貴族の婚姻と出生について悩んでいると話すと、アグリア殿下も思案顔になった。が、すぐに表情を改めて笑いかけてくる。

「ほら、おかわりのミルクティーが入ったよ。クレア、その話は仕事中に考えよう。明日は時間を作って私もバルク卿のところへ行くから……、ちょっと、いい考えが浮かびそうなんだ。だから、今は忘れて、それを飲んだら寝よう」

「は、はい、アグリア殿下」

いい考えとは一体なんだろう？

私は、やはりまだこの国にとって外国人だ。

明日の話し合いまで考えるのをやめるために、温かいミルクティーを今度は味わって飲んだ。

◇◇◇

「要するに、問題をシンプルにすればいい。平民も王侯貴族も関係なく、今後結婚に関しては一律の様式に揃える」

翌日、本当に総務部……バルク卿のもとに、アグリア殿下と私は揃って来ていた。

一律の様式に揃える、のに便利なのが宗教だが、それはこの国にはない。王族が神の代行だ。

「別に宗教である必要はない。ほら、フェイトナム帝国ではあらゆる契約の際、契約の更新の際に、資格を持った立ち合い人がいたろう？」

「！　資格……資格と、有資格者を作るんですね?!」

「そう。読み書きができて、契約に関するあらゆる法律を網羅できる、資格者を作る。王族がいちいち立ち会えないからね、かならず街や集落に1人は行き渡るようにしたい。だから、資格者が覚えるべき法律を作る。バルク卿、どう思う？」

「異論はありません。商人が兼ねてもいいことですからね、ある程度の人数は早急に確保できます。その法律と、契約の様式さえあれば」

「各地の役所の者にも試験を受けさせよう。最初の5年は試験料は無料、その間に資格者とその法律に関する本を整えて、後進を育てさせる。立会料も10年間は国から補助金を出して浸透させよう。身分が上がるごとにその立会料は高くなるように、平民も無理なくお金を払えるように……その辺は財務部とも相談だ」

アグリア殿下のおかげで、やっと道が見えてきた。

私が当たり前に思っていた仕組みは、アグリア殿下にとっては目新しいものだった。

それを『契約』というものに汎用性が利くように、資格者を作る。

お金は自分たちで出させることでつながりが強くなる。もちろん、理不尽な結婚で辛い思いをするくらいならば離婚するべきだし、そのときに立会料や慰謝料は離婚の有責側に払わせるように、そこも立会人が動くようにすればいい。

馴染むまでの期間もそうだし、この立会人には国から毎月、資格者として手当を出せば離職率も少ないだろう。

各地を回ってそれだけで食べていってもいいし、副業として資格を持っておいてもいい。役所の人間が有資格者のほうが給金がよくなるとわかれば、こぞって資格を取ろうとするかもしれない。

「私も賛成です。これ、草案を作ってしまいましょう……1週間くらいで。私がやりますから、そのあと殿下とバルク卿の意見を聞かせてください」

私は外国人だったから気づかなかったけど、一番身近で立会人について見てきたのは外国人の私だ。祖国の法律をもっとこの国に合わせて、資格試験や資格の名前も馴染みやすいものに変えて。

私の頭の中で考えが動き出す。うっすらと、笑みを浮かべている自覚がある。

「じゃあ、全ての下敷きの準備の完了は1ヶ月後を目指して、そこから、資格者証、試験内容、勉強するための本の印刷とすすめよう。1年掛かりになるかと思ったけど、うまくいきそうだね。クレアのおかげだ」

「クレア様は優秀ですからね」

……本気で褒めているのがわかるので、私は何も言えず赤くなってしまった。

私の知識も、この国の知識も合わせて、やってみよう。民の声は聞いて、試用期間である10年のうちに改良していこう。

何よりも、私とアグリア殿下を結ぶものを作る。

こんなに、ドキドキする仕事はこの先もなかなかないだろう。

私は総務部を辞して、私に与えられた執務室に向かった。

6　責正爵

草案を！　と言ったはいいものの、本題に入る前にいきなり行き詰まった。

資格の名前だ。

頭の中には資格についての細かい法や定義、どんな水準の試験をすべきかや、免許の形まできている。

なのに、私の頭の中に渦巻くその発想を、かっちりと1つの形にする名前が思いつかない。

試しに先に内容を書いてみようとしたが、名前を決めないと何について書くのかが整頓されずに書けなかった。手が止まってしまう。

一旦ペンを置いて、私は背もたれに埋まって目を閉じた。

人と人との契約に立ち会う人。その法律を熟知する人。契約を助ける人。それを端的に表す言葉が欲しい。

（どんな人……いえ、仕事振りであってほしい……？）

どちらの言い分にも耳を貸せる人であってほしい。

争うときには証拠も集められるなら集められて……そう、その実務は役所に申し出て国がやることにして、それを怠らない人。

公正で、真面目。仕事に対して責任が持てる人。

でなければ、偽装契約がまかり通る。気にしない人もいるだろうが、名前と免許を持つ重みは、ときに人を立ち止まらせて考えさせる。

公正で真面目で責任感が強い……そんな人を表す名前……。

（爵位……？）

そうか、爵位にすればいい。国からの手当が出る、子爵と男爵の下、平民でも読み書きと仕事ができればとれる爵位。

神たる王族の代行なのだから、当然国から資格と爵位を授かれる。

官僚や文官とはまた違う。国の定めた決まりを他人に適用する、という責任を求められる仕事だ。

そう、誇りを持って取り組んでもらいたい。かといって、誇りという言葉に驕らないでもいてほしい。

その爵位を得るために努力し、爵位を誇るのではなくその努力を誇る。

自ずと、努力で得た自信が責任感と公正さを導く。

「努爵……、どしゃく？　ゆめしゃく？　どちらがいいかしら。いえ、もっと、それに向かって頑張るような重みのある名前がいいかしらね」

いいところまできている気がする。

定めた……責任……公正……努力……、言葉を頭の中で組み合わせてはバラしていく。だんだんと楽しくなってきた。

「責正爵！　せきせいしゃく、いいかもしれない。私、真っ先に取ろうかしら。クレア責正爵。

爵位の中でも、できる仕事内容によって第1位から第3位まで分けて……そのほうが取りやすいわよね。位で手当を変えましょう。仕事にやりがいを感じた人が上に行けるように。個人に与えられる爵位だから苗字がなくてもいいし……よし、書けそう。まとまってきた」

私は背もたれから身体を起こすと、再びペンを握った。名前はアグリア殿下やバルク卿に何か言われたら3人で考え直せばいい。今は草案だ、没になってもいいが、かならずどこか必要な内容は含まれているはずだ。

この国の王族は神に近い、信仰のようなものを与えられている。だから、その代理人として恥じないように、爵位を資格として授ける。

祖国では公正取引責任者、なんて名前だったけど、それは王侯貴族や商人の取引で立ち会うからだ。もっとわかりやすく、平民にもわかってもらえる名前。

この国の仕組みに合わせるのなら、爵位として個人に権限を与えることが、王族からの信頼を得ている証になる。

私はこの責正爵という名前と、その役割を紙にとにかく書き出していった。

◇◇◇

「というわけで、草案です！」

高さ5センチにもなろうかという紙束を置いたら、バルク卿が露骨に苦笑いをした。

「お尋ねしますが……『どこからどこまで』の草案ですか？」

「考えうる最初から最後までの草案です！」

私は楽しくなってしまって、今回は寝る前にも仕事をしてしまった。おかげで3日後には草案をあげることができたが、目の下のクマは化粧をしてもうっすらと見えているらしい。

「わかりました、目を通して殿下にもお見せしておきます。……だから、今日は1日休暇を取ってください。我々も少々クレア様に頼りすぎました。――今日は自室から出ないように、食事も手配させます。おつれしろ」

「え、あ、でも、意見交換が……」

「読んでから、しましょう。時間を要します。とにかく、今日は部屋で休養です」

バルク卿の強制によって、私はグェンナに引きずられるようにして部屋につれて行かれた。

そんなぁ～！　と、手を伸ばすも総務部の扉は文官によって閉められ遠のいていく。

話したいことはいっぱいあったけれど、もしかしてこれはあまり寝てないせいかもしれない、と思い至ると、途端に元気がなくなった。

バルク卿の仕事の範囲は私が定めた。当然、どれだけ忙しいかは頭の中にある。なのに、私が仕事に割り込んで無理に邪魔してしまうのはよくない。

あれは私を気遣ってくれた部分もあるだろうけど、バルク卿の予定も無視してしまっていた。こういうところが、本当に気が利かなくて、淑女教育の敗北を実感する。

落ち込んだ私を見て、グェンナが部屋の中でミルクティーを淹れてくれる。

「クレア様、何か食べたいものはありませんか？」

「食べたいもの……？」

「そうです。祖国とこちらでは食べ物も違いますでしょう？　たまには私や厨房が、クレア様の好物をご用意したいなと思いまして」

できる限りですけど、と申し訳なさそうに付け加えたグェンナに、私は真剣に考えた。

元々そんなに食に興味がないし、何を食べてもおいしく味わえる舌と、丈夫な胃腸のおかげで今まで考えたことがない題材だ。

クッションを抱えてソファに行儀悪く背中を預けると、うーん、と唸《うな》りながら考え込む。

難しい……ご飯は正直、こちらの米食のほうが好き。堅苦しいマナーやコース料理を毎日食べていたときより、時々大皿や鍋ごと持ってこられては取り分けて食べる料理は、何よりも温かい気持ちになって楽しい。

　こちらの国のお菓子もおいしくて好き。お茶請けとして出されるお菓子は、紅茶によく合っている。

「あ……」

「何か思いつかれました？」

「ええ、でも……難しいかしら。あの……私、プリンが食べたいの」

「プリン……、厨房の者に聞いてみますね。入植時の帝国の子孫のかたもいるので」

「レ、レシピは知ってるの！　あの、私、料理は全然できなくて……、今書くから、その通りに作ってみてくれる？」

「レシピをご存知ならお安い御用ですよ。お願いします」

　私は机で紙にレシピを書き出して、グェンナに渡した。今日はメリッサはお休みだ。

「いいですか、部屋から出てはいけませんよ。寝ていてもいいですからね」

「はぁい」

　母親のような口調に笑って１人、部屋に取り残される。

　窓の外はいい天気だ。ここは暖かい国だが、少し風を入れようと窓を開ける。

　私の部屋は２階にある。目の前には大きな木の枝が張り出していて、ほどよく陽射しを遮っている。

その木の枝の上に、1人の男性が座っていて、目が合った。

「やべ。お嬢さん、悪いけど俺がここにいたこと内緒にしてくれる？」

「え、えぇ、わかったわ」

「ありがとう。行くわ。俺はガーシュ。またな、お嬢さん」

齧《かじ》っていた果物を片手に、ガーシュと名乗った褐色の肌の青年は、猿のように器用に枝を渡って木を降りていった。

「…………誰？」

◇◇◇

私は暫くポカンとしてしまった。

この部屋は私が来る前は空き部屋だったろうし、私のためにフェイトナム帝国風の仕上げにしてある。

おかげで居心地よく過ごせているし、私は外に出たり1階の業務部分にも顔を出すので部屋は2階でちょうどよかったが、窓の外に男性がいる環境、は少々まずいかもしれない。

ガーシュと名乗った青年は、褐色の肌に一部を編み込んだ黒くて長い髪をしていた。王宮では見たことがない民族的な織物の袖のない服を着ていて、身軽。

名前を名乗って内緒にしてくれ、ということは、名前を内緒にすればいいのだろう。褐色の肌の人が外を歩いていた、とでも言えばグェンナが教えてくれるかもしれない。

「クレア様、失礼します。夕飯にはお出しできそうですよ、プリン」

「グェンナ、本当？　ありがとう！　厨房の人たちにも後でお礼を伝えておいて」

私はプリンが食べられると聞いて、自分でも驚くほど喜んでいた。なんだかんだ祖国の味は祖国の味で恋しかったのかもしれない。

「あ、ねぇ、さっき外の庭を褐色の肌の子が歩いていたんだけど……バルク卿は日焼けだけど、もっとこう、地黒というか」

「あぁ、城の下働きに最近入った子ですね。間者を軟禁したときに、商人から借りて雇い入れたうちの１人です。養蚕を行っている国の子ですよ」

「そうだったの。こちらの国では黒髪の人をあまり見かけないから、褐色に長い黒髪で驚いたの。遠目だったけど服装も変わっていたし」

グェンナは笑って頷いた。

「そうなんです、彼らは10年契約でこちらに来ているので。希望すれば永住権も与えられますが、小国だからでしょうか、民族の帰属意識が高いんですよ。下働きなので服装は好きにしていいんですけどね」

「知らなかったわ……、養蚕のこともっと勉強しないとね。この国は大きいから、うまくいけばかなり普及するわ」

「ええ。まだ定着するには時間がかかりますから、絹は相変わらず輸入ですが……クレア様のウエディングドレスは、練絹《ねりぎぬ》で作るんですよ」

私はまた驚いて目を見開いた。

最高級品の練絹のウェディングドレス……？

献上品で染められた物が一反あがってきたのを見たことがある。お父様の服に仕立てると言っていたそれは、美しい光沢のある生地で、少しだけ触らせてもらったがあまりに滑らかな感触に驚いたものだ。

それを、ウェディングドレスとして私が着る……。

フェイトナム帝国にいた間、私を着飾ろうとする人は誰もいなかった。

恥ずかしくないように。見た目だけでも。多少は見られるように。そう言われ続けてきた。

「きっとクレア様にとても似合いますよ。もちろん、豪奢な刺繍も職人の手によって施されますが、私も1針刺しますので。クレア様の幸せを願って」

「？　それは、慣習？」

「はい。親しい人のウェディングドレスに、1針刺して想いを刻むのです。クレア様が幸せでありますようにと、……私、親しいですよね？」

「もちろんよ！　とっても嬉しいわ。ふふ、……あら、なんだか……興奮しすぎたのかしら、目《め》眩《まい》が……」

視界がぐるぐるとまわりはじめた。

グェンナが慌てて駆け寄り、私を支えてベッドにつれて行くと、服を緩めてくれる。

「最近は夜更かししがちでしたからね。よく寝てください。風が気持ちいいので窓は開けておきますね」

「ええ、ありがとう……おやすみなさい」

「はい、おやすみなさいませ」

私の意識はフカフカの枕の上に、すーっと落ちていった。

◇◇◇

「おい……おい、起きろって」

私は先ほど聞いたばかりの、だけどあまり聞き覚えのない声に起こされた。

身体を揺さぶられはしなかったが、男性の声だとぼんやり思って、思ったことで驚いて目が覚めた。

ベッドの横に、ガーシュと名乗ったあの青年が立っている。

夢でも見ているのかと思うような衝撃だが、彼が私に触れる気配は微塵もない。襲う気なら、寝ている間に猿轡《さるぐつわ》を噛ませて服を脱がせてしまえばいいのだ。

「さっきは悪かったな。お嬢さんの部屋だと知らなくて、もうここには来ないからさ。下働きは給料がいいから来たんだけど、仕事が早く終わっちまってすぐサボっちゃうんだ。まぁ顔見知りにはなったわけだし、名前も聞いてなかったし、一応俺のスポットだったから最後にお嬢さんの名前を聞いておきたくて。部屋、勝手に入って悪いな、窓開いてたし、誰もいなかったからさ」

「えぇ、はい……あの、クレアと申します。ガーシュさん？　あのですね、ビックリするので女性の部屋に、誰もいないからといって入ってはいけませんよ」

正確には私がいるが、女性1人でいるところに入るのはもっと悪い。反省しなかったら言えばいいだろうということで、まずは初歩の初歩からお伝えした。

「あ、そうなの？　うちの国だと玄関や窓が開いてたら入ってもよかったからさ。まだこの国に慣れてなくて、悪かったな。すぐ出るよ、クレアお嬢さん」

もしかして、この人は私が王室に入る人だとは知らないのだろうか？　クレアお嬢さん、という呼び方は初めてされた。苗字を名乗らなかったのは、今は名乗る苗字がないからだ。バラトニア、を名乗るために現在奮闘中である。

「あなた、とてもきれいなフェイトナム語を話すのね」

「あぁ、だって仕事にならないだろ？　言葉なんて簡単だよ、やってることを見て、話してる言葉を聞けば、意味がわかるしな」

相当頭がいいのだろうなと思う。文字も教えたらあっさり覚えそうだし、何より私に対して変な遠慮がないのもいい。私はこのガーシュという青年と、ちょっと友達になりたくなった。

「ねぇ、朝から夕方までの間なら、またあの木の枝を使ってくれていいわよ。私、ほとんど部屋を空けているから。侍女には見つからないようにね。それから、たまたま私と居合わせたときには……そうだ、そちらの国の話をしてくれない？」

「ネイジア国のこと？　構わないけど、なんでもいいのか？」

「ええ。よければそれを本にしたいのだけど、ダメかしら？」

ガーシュはあまり興味もなさそうに首を傾げて頭をかいたが、私が本にしたい、といったところで面白そうに口端を上げる。

「構わないと思うぜ。本にするってのも面白い発想だなぁ。面白そうだから、また顔を合わせることがあったら話してやるよ」

「ありがとう！　話をするのは窓を挟んで中と外、部屋の中には入ってこない、侍女がいるときはすぐ逃げること。一応、私は身分が高いの。あなたが捕まっちゃうわ」

「げぇ、それじゃあクレアお嬢さんじゃなく、クレア様か？　どっちでもいいんだけどよ」

「ちょっと寂しいけど、万が一見つかったときにはそう呼ばれているほうが、あなたはちょっと叱られるくらいですむかもね」

実に面倒くさそうな顔を隠しもしなかったが、私との会話は楽しいらしい。

「いいぜ。クレア様、その約束を守る。ネイジア国のことも話す。気に入ったら、本にできない秘密を教えてやるよ」

本にできない秘密？　と、私の好奇心は刺激されるばかりだ。

はたから見たら立派な浮気現場なのだが、私は男性の文官と仕事をすることも多い。

本を編むために取材をしていたと言えば、万が一見つかっても大丈夫だろう。私と彼の間には、これっぽっちもやましい空気がないのは、誰が見ても明らかだろうから。……たぶん。その辺の機微には非常に疎いので、自信がない。

「じゃ、そろそろ行くよ。起こして悪かったな。これ、ネイジアの薬で栄養剤なんだ。これを渡しに来たかったんだ、お嬢さん顔色悪そうだったからさ。おやすみ、クレア様」

そういって彼は小さな葉っぱに包《くる》まれたものを枕元に置いて、窓からひらりと飛び降りた。本当に身軽だ。

恐る恐る葉っぱを開いてみると、鼻につんとくる刺激臭のする黒くて小さな丸薬が詰まっていた。

栄養剤と言われても……これ、飲んだほうがいいのかしら。胃は丈夫だけど……大丈夫、よね？

私はもうひと眠りする前に、水差しからカップに水を入れて、丸薬を飲み込んだ。

ものすごく微妙な味がしたが、少し身体の芯がほかほかとする気がする。匂いが移りそうなので何にも使っていなかったチェストの引き出しに包みをしまって、私はまたベッドに横になった。

◇◇◇

1日の休養の終わりには、ちゃんと晩餐の後にプリンが出てきた。

トロリとしたカラメルソースもかかっている。こっそり給仕のときに「これに一番苦労してましたよ」と聞いて、なんだか申し訳なくなった。レシピはわかっても、火加減までは私にはわからないのだ。

「これは、フェイトナムのお菓子？　変わった食感でおいしいね」

「プリン、という、鶏卵と牛乳と砂糖で作るお菓子ですよ。日持ちしないのが難点ですが……そういえば、よく冷えてますね。どうやったんでしょう？」

「あぁ、バラトニアは昔から暑い国だからね。地下水をくみ上げて金属の箱の外を循環させて、保存するのに使ってるんだよ。今度厨房も見学するかい？」

「地下水！　確かにそれならよく冷えていますね。仕組みが気になります。あぁ、厨房にお礼も言いたいですし……お邪魔じゃなさそうなときに1度顔を出したいです」

フェイトナム帝国では氷室に氷を年中保管してある。それも地下や鍾乳洞のできるような冷えた洞窟の中だが、夏に金属の箱に入れておいても、やはりすぐ溶けてしまう。

暑い国だからこその技術だ。それが失われなくてよかった、と心底思う。

帝国が属国を作ることはマイナス面だけではない。庇護下に置かれるということでもあるし、ある程度文明が提供されることもある。

だが、小さい国、別の国の文明が劣っているということは決してない。一見野蛮に見えても、そこには違う文化があり、どちらが上だとか下だとかではない。

本で読んでそれをしみじみ思っていたが、日常の中で感じることができるから、やはり嫁いできてよかったと思う。

「明日は君があげた草案の話をしよう。今日はバルク卿と午後からそれについて話し合って、何点か疑問があがったから、そこを詰めて……君がまとめるのでもいいのだけれど、文官に仕事として任せたいと思うんだけど、どうかな？」

「もちろんです。この国の新しい仕組みですから、その文官や、周りの文官の意見があったら聞きたいですすし。最終的には私たちでまた確認して、ある程度まとめて、そしてもう一度文官に頼んで本にしてもらいましょう」

「ふふ……クレア。君の『生ける知識の人』の肩書がまた1つ保証されるね。そうなったら、君はこの国で最初に本を作った人になる」

「まぁ……、そういえば、そうですね……？　フェイトナム帝国からは医学書等は入ってきていますけど、バラトニア王国の本は、これが初めてになりますか」

「うん、失われてしまったからね。紙を導入した君が、最初に本の作者になる……それもこの国の、重要な制度に関する、それでいて読み書きができる者にとっては広く親しまれる……素晴らしいことだね」

「……もし、王太子妃として許されるなら……もっと、いろんな本を作りたいですね」

「責正爵位書以外にも？」

すんなりと出てきたアグリア殿下の『責正爵位書』というタイトルはいいなと思った。

教科書、というのも変だし、参考書というわけでもない。その爵位についてまとめられた本。資格を取ってもいつでも持ち歩き、確認し、正しく行うためにも、これはちゃんと印刷して保存が利くように糸で閉じて、厚紙の表紙を付けたほうがいいだろう。

「はい。私は本が好きなので……読むのも楽しいですが、草案を考えるのも、とても楽しかったです。本を作って、広く読まれるようになり、やがて娯楽として本を出版する事業等もやりたいですね。娯楽として学びが定着すれば、識字率も上がりますから」

「それはいいね。……壮大な話なのに、君が話すと3日で実現しそうですごいやら、怖いやら……」

アグリア殿下が苦笑いをしている。ちょっと楽しくて無理をしてしまった自覚があるので、言い訳はできない。

「3日は無理ですけれど……私はこの国に嫁いできて、幸せですから。ゆっくり、いろんなことができたら嬉しいです」

「ならもう、徹夜しないようにね？」

しっかり釘を刺された。

1日ゆっくり休ませてもらった身としては、その言葉には、はい、としか返せなかった。

◇◇◇

次の日からバルク卿と殿下とたびたび時間を作って、責正爵位書についての草案を詰めていった。

どうしてもはずせなかったのが、最初の1ページ目。これだけは変更してほしくないし、かならずここにあってほしいとお願いした。

『1．責任をもって契約を取り仕切ること』

『2．正しく法を遵守すること』

『3．人と人のつながりを大事にすること』

これは、最低限責正爵になる人が守るべき事項であり、いつも心に刻んでいてほしいことであり、最も重要な責正爵の役割だ。

これは、本を開き、中表紙を開いて、この3行だけのページを作る。

そして、下にサインする欄を。この本をもって勉強し、爵位を授かったら、ここにサインをした後に玉璽《ぎょくじ》とはいかないが、国からの保障の印を押す。

この本自体が資格を得るための参考書であり、資格を得たら免許証になる。偽造できないような複雑な印章にしたいところだ。

「爵位を授かると、それぞれ貴族には印章が与えられます。責正爵の印章を作ればいいのではないでしょうか？」

「そうですね……、アグリア殿下、どう思いますか？」

「私も賛成だよ。いろんな人が持つことになるし、印章そのものは与えられないけど、本に押すための新しい印章を作って爵位の証明にするんだよね。責正爵に相応《ふさわ》しいのは何かな。公平さとか、責任感とか、そういうものを表すもの」

私は暫く考えてみた。

爵位を得る人は読み書きができるが、できない人でも契約を結ぶための責正爵だ。

ぱっと見て、誰もがその意味をなんとなくイメージできるなにか……。

「この国では、天秤……秤はよく使われていますか？」

「あぁ、もちろんだよ。農作物のやり取りが多いからね。米と麦を交換したりという大きなものから、交易での金銭のやり取りにも使われるね」

「そうですね。肉をどのくらい欲しいかを、規定の重さのおもりと一緒に天秤で量って、それで売ったりしています」

「どこの集落にもあるんじゃないかな？　便利だしね、生活に馴染んでいる」

「では、天秤にしましょう。つり合いのとれた契約を結ぶ、または、契約の破棄に正当さがある、そういうことを直感的にわかってもらうには、つり合いのとれた天秤の図案がいいと思います」

私の提案に、あまりに日常的に使うものだからか、バルク卿とアグリア殿下は顔を見合わせた。

2人の間でいくつか言葉が交わされる。わかりやすさ、親しみやすさは必要だが、天秤は安く見られるのではないか、という話だった。

私も聞きながら考える。

確かに、あまりに身近にあるものだと安く感じるかもしれない。なにか、天秤に説得力を持たせることはできないか。

これもまた難しい問題だ。なにか載っている天秤では、あくまで責正爵は天秤なのであり、契約自体はお互いの感じる利益、不利益を乗せて決めるもの、という印象からずれてしまう。

「この話はここまでにしましょう。印章については、本の表紙などにも入れて、朱肉で押されたものが証書としての役割を持つということで。他の点は詰められましたので、一度文官におろしてみます。まとめて、必要な部分があれば別途書き出しておくようにと」

「バルク卿、お願いします。アグリア殿下もお時間ありがとうございました。印章については、私もちょっと考えておきますね」

「あぁ、お疲れ様。まだ疲れが抜けきっていないだろう？　今日はもう夕飯まで部屋で休んで。これからまた忙しくなるからね」

「う、はい。わかりました……ありがとうございます」

気遣われていることは素直に嬉しいが、ちょっと殿下は過保護な気もする。でも、大事にされていると思うと胸がぎゅっと、嫌じゃなく苦しくなった。

そんな私の頭を撫でて、殿下は私の退室を促した。まだバルク卿と話があるのだろう。私は2人に挨拶をして部屋にもどった。

それにしても、天秤が普及しすぎているからかえって安っぽく見える……という感覚は私にはなかった。

何か、いいアイディアはないものだろうか、と部屋にもどる間もずっと考え続けた。

「何暗い顔してんだ？　お嬢……じゃないな、クレア様」

「ガーシュ！　今日も仕事は終わったの？」

「あぁ。だからお許しも出たしのんびりしてた。考えごとがあるなら退《ど》くよ」

私の部屋の窓の外、木の枝に気怠《けだる》そうに座って背中を幹に預けた彼は、今日も果物を齧っていた。

皮ごと食べられるものらしく、柔らかそうな南国の色をしたそれを食べながら軽く首を傾げてみせる。

「ねぇ、少し相談に乗ってくれない？」

「いいぜ。あ、俺が出した話とか言うなよ、面倒だから」

「いいの？　でも、そういうことなら相談しやすいわ」

そして私は、公正と責任を一目で誰もが理解するモチーフはないか、と相談した。

「なんだ、天秤でいいと思うぜ？　そこになんかたしゃいいだろうよ。……そうだな、この国だと麦と米が同じ価値みたいだから、それとか」

「え……？　麦と米が、同じ価値なの？」

「あぁ、そうだぜ。麦の病気が流行ったらしいが、そりゃ古い麦だったからなぁ、なんてみんな笑ってる。今も食えないやつは食えないらしいが、外に輸出する分が増えて米が国内消費だろ。だから麦の価値は落ちてないし、米の農家は増えて、まぁ儲けはトントンってとこみたいだぜ。俺の祖国もここから麦を買ってるし」

私はてっきり、米の生産に力を入れて麦はあまり作らなくなったとばかり思っていた。

言われてみればそうだ。他の国では麦がメインなのは変わらない。外に高く売れるものを作らなくなるはずがない。

ならば、輸出用に国が麦を買い上げて、その分と同じ米を配分すればいい。

盲点だった。この国は、交易も監視下でもこなす大国。わざわざ売れるものを、自分たちが食べないからとノウハウごと捨てるはずもない。

「とっても参考になったわ、ガーシュ。ありがとう！」

「どういたしまして。輸出品と国内消費の、別の穀物。どっちが欠けてもこの国は困るからな、俺から見たらそうっていう話をしただけだ」

ガーシュは異国の人だ。こういうとき何でお礼をしたらいいのだろう。

「あなた、何か欲しいものはない？　簡単なものになるだろうけど、できるだけ用意するわ」

「欲しいもの？　うーん……あぁ、楽器かねぇ。この国は祭のときくらいしか楽器も踊りもやらないからな。俺の国は、ちょっとしたことで酒の席で楽器も歌も踊りもやるんだ。みんなで祝う」

どんな楽器だろう？　ピアノ……は、違うだろうし、弦楽器かしら？

「なんという名前の楽器？　私もまだこの国にきて日が浅いけど、見つかるようなら用意するわ」

「リュートって弦楽器だよ。バイオリンみたいな弦で弾くやつじゃなく、手で爪弾くんだ。手に入ったらクレア様に1曲捧げるよ」

リュート、と聞いて先日の宴会の様子を思い出してみる。

本の中で見たことのある名前だけれど、実物は知らない。グェンナにでも聞いてみよう。

「わかったわ。用意できなかったときにはごめんなさい、別なものを用意することになるけど」

「いいよ。とにかく仲間とワイワイやれればそれでいいからさ。っと、人が来るな。またな、クレア様」

そう言ってひょいひょいと木の枝を降りてあっという間に歩き始めたガーシュを見送ると、本当に部屋のドアがノックされた。

「クレア様、お茶をお持ちしました」

グェンナがお茶を持ってきた。一体ガーシュはなんでそれがわかったのだろう？

不思議に思いながら、気持ちいい風を部屋の中に入れたまま、私はソファでミルクティーを飲んで頭を休めた。

◇◇◇

ガーシュから聞いたことを確認したくて、私は裏を取るべく財務部と管理部に顔を出した。

1ヶ月の通常業務の遅れを取りもどすために、3勤交替で働いてもらっている。それも今だけだが、その分手当は弾んでいるし、体調が悪い人にはすぐ休んでもらった。休みも交替交替で普段より多めに取ってもらっている。生活時間がずれると疲れもたまりやすい。

今は大きな山場だが、彼らは貴重な人材だ。山場を乗り越えれば、更に頼もしい人材になる。この作業を人任せにしてはいけない、今後に関わる仕事だから、効率がよくなるやり方は総務部にあげてもらって検討して採用している。

そんな忙しい彼らに時間を取らせるのは憚《はばか》られたものの、責正爵も急務だ。新しい仕組みを浸透させるのには時間がかかる。少しでも早く仕組み自体は作ってしまいたい。

私とアグリア殿下の結婚を機会に、責正爵を少しずつ広めていきたい。そのためにも、早く仕組みを作り上げて、……バルク卿に最初に爵位を受けてもらおうかな。

そんなわけで猫の手も借りたそうな財務部と管理部にお邪魔をしたのだが、予想以上に歓迎された。

紙とペンの普及できっちり片付き、見やすくなった資料を元に、通常業務が捗《はかど》っているらしい。もっとゲッソリしているんじゃないかと思ったが、今の3勤交替でも休みは取りやすいし、体調不良ならば休めるというのは好評だったようだ。

今までの木簡ベースの資料では、誰が何を持っていて担当しているのか、休むとわからなくなっていたらしい。

紙にしてまとめるようになってからは、誰が書いても同じ書式だし、地方からも紙でどこの何が上がってくるかわかるので、人が多少欠けても仕事が進むそうだ。

だが、忙しいのは忙しいと見ていればわかるので、ここ数年の麦と米の産出量と、輸出入や国内消費についてのお金の動きがわかる資料を見せてもらった。

（すごい……！　ガーシュの言った通りだわ、アレルギー以降も麦の産出量は変わらないし、逆にそれまで価値が薄かった米の国内消費が増えて、お金の動きは同じくらい……！）

輸出分が値上がりしているわけではないが、麦が外に出ていく分量が劇的に増えた。二毛作に耐えられる穀物だから、多少田んぼを増やしても麦の産出量は減っていない。

フェイトナム帝国にも適正価格て卸すようになって、米の価値が上がった分だけ麦の価値も上がっている。

米にアレルギーを起こす人は今のところ出ていないようだ。元から食べていた文化もあったからか、麦をやめて米だけにする人が増えて国内での米の価値が上がり、作る量が増えている。

ちょうどそのバランスがいい。

穀倉地帯を持つこの国の人にとって、麦と米の価値が同じで、かつ、用途が違うことは一目でわかる。文字が読めなくても直感的に理解できるし、主食は欠かせないものだ。

農民も商人も関係なくだ。役人はもちろん理解していることだし、このシンボルと天秤はいい。夫婦でも、雇用主と働き手でも、どちらかが欠けては関係は成り立たない。上と下ではない、契約に基づく関係。いえ、雇用側は上になるかもしれないけれど、何も奴隷になるわけじゃない。

納得して働き、納得して辞める。納得して結婚し、納得して離婚する。

他にもあらゆる国内の契約に、この爵位を持つ人が関わってくれれば……そして、読み書きができない人もこの責正爵を信じてくれるようになれば。

ガーシュという、市井に馴染みながらこの国の人と同じ価値観を共有しているという外国人の視点も大事だろう。

今後、この国はもっと発展していくはずだ。外国の人でも納得できるし、独立した話のきっかけにもなるだろう。

「ありがとう！　お邪魔したわ、また今度手伝いにくるわね」

私はお礼を言ってそれぞれの部署を後にした。

米と麦。それを量る天秤。この国の人にとって一番親しみ深いものを、シンボルにする。

この国にきてよかった。私は頭でっかちだから、こうして他人の言うことを素直に聞ける環境にきて、よかった。

◇◇◇

シンボルの理由を説明して仮のデザインを仕上げ、文官に草案を詰めたものを回してさらに案が追加されたものを検討し、下書きをまた文官に回す。

その間に印章のデザインも職人と相談して仕上げた。麦と米の細かな違いが一目でわかり、天秤も凝ったデザインにしてある。この国のシンボルである大鷲《おおわし》が両翼を広げて天秤の上に乗っている。

王室が神の代行であるこの国の、国が保障する爵位に相応しい印章だ。偽造もし難い。もう一工夫加えるつもりではあるけれど。

2〜3回それを繰り返してあがってきた、文官が清書した、責正爵位書の完成原稿がここにある。

私とアグリア殿下、バルク卿は、最後にこの本に関わった人の名前を最後に記し、これの写しを作ってお義父様に提出した。

苦節約2ヶ月……いや、国の一大プロジェクトとしては頑張ったほうだ。

私はバルク卿とアグリア殿下を誘って、こっそりサロンでお茶で祝杯をあげた。この後も2人は仕事があるし、私もガーシュにお礼をするためにリュートを探さなければいけない。

私はお気に入りのミルクティーを、2人は無糖の紅茶を飲んだ。無糖の紅茶は香りが強くて、味はさっぱりと口の中を洗ってくれるらしく、男性はそちらを好むようだ。

私も飲んでみたけれど、かぼちゃや芋のようなコクのある香りがするのに口の中をあっさりと通り抜けていくのは、甘さで癒されるミルクティーよりサッパリする。

「……落ち着いたら、福利厚生の中に織り込もうかしら」

カップの中の赤い水面を眺めながら呟く。

「福利厚生？　ってなんだい？」

アグリア殿下に尋ねられて、あぁ、と思い至った。

手当や希望日の休み、体調不良のときの急な休みもそうだが、それらを働く人のための権利としてまとめたものを福利厚生と祖国では言っていたと説明した。

いいかもしれないね。みんな今は水か白湯を飲んでいるし、仕事のときにお茶を淹れて飲めれば気分の切り替えにもなる」

「そうですね。我々は侍女や使用人が淹れてくれますが、さすがに役所全てにお茶を淹れるだけの人材は派遣できませんので、何か形を考えなければなりませんが」

お茶を淹れるだけの人材……、確かに、それだけだと国中の役所で働く人全員に行き渡らないし、王宮勤めだけずるい、不公平だ、という声が上がるかもしれない。

今は役人の給与や手当て、出退勤の管理も総務部に任せている。役所から申告されたものを検討して、給与と手当を払っている状態だ。総務部も忙しい。

「なら、部署を増やしましょう。責正爵のこともまとめて管理して、働く人の一切を手掛ける部署。紅茶は置いておくにしても、いずれ必要だとは思っていたんです」

普通の紅茶を飲み干し、自分用に先に淹れてもらったミルクティーの入ったカップを両手で包みながら、私は興味深そうなアグリア殿下とバルク卿に微笑みかけていた。

「もう少し落ち着いて、責正爵の資格試験が浸透してから……、そしたら読み書きと計算ができても暗記が苦手だとかいう、偏った能力のかたでも王宮に働き口が用意できます。学び舎も作りたいですが、あまりに一気にやりすぎてもいけないので、まずはここから……。人事部、という新部門を開設しましょう」

せっかくの休憩中なのに、私もこの2人もとんだ仕事人間だ。

あんまり興味深そうにしているので、私は簡単な仕組みを説明することにした。

これ以上新しいことを急に始めても人手も足りないし、式が先延ばしになってしまう。

「今、各地の役所も王宮も、自己申告した勤労時間を責任者がまとめて、さらにそれを総務部で取りまとめて役職に応じた賃金を計算して、財務部から充てられた予算から支払っていますよね。人事部は、各役所に1人配置して、財務部からあらかじめわかっている分と手当の分のお金を預かって、各役所で給与を支払ってその報告を総務部にあげたり……つまり勤怠管理から、給与の支払い、先のお茶を淹れたりする働く人への福利厚生を担当する部署です」

アグリア殿下とバルク卿が視線を交わす。そのまま2人であれこれと話し始めてしまった。

最近は仕事仕事で忙しくしていたが、こうやって仕事熱心な旦那様というのは、私にとっても嬉しい。

上に立つ人がちゃんと話を聞いて検討してくれる。柔軟な思考と頭の回転の速さ、剣の腕も立つし、見た目もとても素敵だ。

……私は面食いだとかではない、はず。わからない。

初めて好きになったのがアグリア殿下だから、好みを聞かれてもアグリア殿下としか答えようがない。

私の熱い視線に殿下は気づかずにバルク卿と話し込んでいたが、そんな私の様子をバルク卿がほろ苦く笑って見ていたことも、私は気づかなかった。

ちょうどいいところで置き時計の鐘が鳴ったので、それぞれの仕事にもどることにした。

「夕飯は今日も7時だよ。また後でね」

「はい、アグリア殿下」

と言っても私の仕事はリュート探しだ。

メリッサとグェンナに、リュートという楽器を知っているか、と聞いたら知らないという。

王宮で使われている楽器にはないということだった。それは、メリッサが楽器の管理をしている人に確認に行ってくれたから間違いない。

「クレア様、どうでしょう？　街に出かけてみませんか？」

「いいですね！　クレア様はまだ仕事以外で街に出たことがないですもの、お忍びで行ってみませんか？」

街！

確かに、仕事で港町だとか印刷工房だとかを造るのに主要都市を回ったりはしたけれど、市井の様子を見に行ったことはない。買い物もしてみたいし……と思って、はたと気づいた。

「私、お金持ってないわ……」

私の落胆した声に、グェンナとメリッサが顔を見合わせる。

「あの、クレア様？　クレア様用のご予算については、何も聞いていませんか？」

「それから、ここ数ヶ月のお給金も出ていますよ。いえもう、お給金というか、報償金ですねこれは」

「そ、そんなのあったの?!」

淑女教育の敗北……と、思いかけたが、そもそも着飾るものはあらかじめ山のように用意されていたし、私にお給金が出ているとはまったく思っていなかった。

「えっと……楽器は、買えるくらい？」

「楽団が買えますよ」

とんだ大金をいつの間にか手に入れていたらしい私は、詳しい金額を聞いて驚いた。

祖国ではそういう予算管理をされていて、支払いの金額などには私は興味を示さなかった。皇族としてそんなお金を気にするのは恥ずかしいと言われていたからだ。

「じゃあ、楽器が買える金額とお小遣いを持って、明日３人でいきましょう?」

私の提案に、グェンナとメリッサも手を組んで喜んでいた。

7　ネイジアという国

今日は仕事を休むことを、昨日の晩餐のときにアグリア殿下に伝えてある。

結婚すれば私の顔は広く知れ渡る。その前に、お忍びで城下町を歩いてみたい、と言ったら快く了承してくれた。

ずっと働き詰めのアグリア殿下には申し訳ないが、結婚式が落ち着いたら長めのお休みを取るそうだ。私と一緒に旅行したいと言ってくれた。

旅行もしたことがない。フェイトナム帝国では、王宮から出ることなく育ってきた。なんでもそこに揃っていたから、どこであろうと旅行というのは初めてのことだし楽しみだ。

その日の晩餐はそのあとのお茶の時間も含めて、どこに行きたいかという話で埋まってしまった。

「明日出かけるならもう寝ないと。あぁ、クレア?」

「はい、なんでしょうか?」

「ナンパされても付いていってはいけないからね」

「されません！」

なぜこうも心配性なのだろう。まだバルク卿やジュリアス殿下に対してならわかる。ひとたび仕事を始めれば一緒にいる時間も長くなるからだ。

しかし、市井の民にナンパされて付いていくなんて、そこまで尻軽に見えるだろうか。

私はなんとなく腹が立ったので、眉を吊り上げて殿下の手を両手で握ると顔を近づけた。怒っている間逃がさないようにだ。

「あのですね、私は殿下が初恋で生涯の伴侶も殿下だけなんです。信用がないとへこみます」

「わ、わかった、わかったから、離れて……」

「もう、浮気だとか言いませんか？」

赤い顔でたじろぐ殿下に、さらに詰め寄る。お互いの鼻先がくっつきそうなほど至近距離でじっと目を見つめると、殿下の腰が引けている。

鍛えているのでとくに倒れたりはしなそうだった。

「もう言わないから！　ごめんって！」

「わかればいいんです、わかれば」

私は怒気をおさめてにっこり笑うと、ようやく元の位置に座り直して手を離した。

そういえば、婚約していてもあまりこうして触れ合ったりはしたことがなかった気がする。

「殿下」

「な、なんだい？」

私は今度は心からの笑顔でアグリア殿下に向き直った。

「旅行のときは、いっぱい手を繋ぎましょうね」

この後、生殺しだ……、と呟いた殿下とおやすみなさいと挨拶をして別れた。

メリッサとグェンナがおかしそうに笑っているのが気になる。何か変なことを言ったかしら？


と、いうわけで、今の私は街の商家の娘のような格好をしている。よくあつらえてあったものだ。

長い髪を太い三つ編みに編んでリボンで結び、膝丈の淡い色のワンピースに白いつばの短い帽子、白いポシェットという出立《いでた》ちだ。

メリッサとグェンナもそれぞれ私服姿で、お金はグェンナが預かってくれている。グェンナは金髪を結いあげて白いフリルブラウスにハイウエストのロングスカート、メリッサはパフスリーブのワンピースだが膝下までの上品なスタイルだった。

グェンナもメリッサも元から見目がいいしスタイルも抜群だけれど、揃いの侍女服ではなく私服にしっかりお化粧した姿は見違えるようにきれいだ。

女友達と出かけるのはこんな気分なのかしら？　と思って2人を褒めちぎっていると、ほら行きますよ、と苦笑いされてしまった。

街の近くまでは馬車で向かうらしい。帰りの時間には同じ場所で馬車と待ち合わせることにして、私たちはリュート探しに街に出た。

◇◇◇

市井のマーケットは圧巻だった。布地から食べ物まで、さまざまな彩りに溢れている。

年中常春か初夏くらいの気温の国だからか、マーケットの人は水分補給に竹筒の水を飲み、井戸の水はいつでも誰でも汲めるようにあちこちに設置されていた。

バケツを落として汲み取るタイプではなく、取っ手を動かして水を出すタイプだ。

王都だけあって、上下水道の完備が行き届いている。

特徴的なのが、屋台の屋根だ。商品まで覆うように骨組みを組んで、厚手の布を濃い染料で染めてある。黒や青はない、明るいオレンジや黄色、緑などが多かった。

「陽射しで商品が悪くならないように、ただの布ではなく厚布を染料で染めてるんです。黒や青は日光を集めやすいので、こんな色合いになるんですよ」

「彩りもよくてとてもきれいね！　お店も見たいけれど、マーケットも一通り見てみたいわ」

「逸《はぐ》れないように手を繋ぎましょうか。クレア様がどんなかたかは、私たちもわかってきましたので」

女同士で手を繋いでもいいのかしら？　まぁいいのか、と思って、両側をグェンナとメリッサに挟まれて歩く。

彼女たちの予想通り、私はあちらの店、こちらの店ととてもフラフラして歩いた。放っておいたら楽器探しの時間がなくなるのを見越されていたのだろう。程々に店主と話したところで先に引っ張られていく。

ようやくマーケットを抜けて、私はやっと手を離された。ここまでで大分時間を食ってしまったが、自業自得なので文句は言えない。

マーケットを抜けたら、今度はシックな街並みが見えた。焼いた煉瓦か、表面を黒く炙《あぶ》った木でできた街並みだ。

木は水を含んでいるから、こうして炙ることで経年劣化を防ぎ、雨にも強くなる。

煉瓦も、しっかり焼いてあるから同じように雨が降っても水を弾く。もしくは、水を含んでも柔らかくならずに、適度に後で空気を冷やしてくれる。

石造の店は見当たらない。なんだか可愛らしい街並みに見える。

「石造になると、鉄骨を使います。海が近いので、潮風に曝《さら》されると逆に脆《もろ》くなりやすいんです」

「城は高い位置にあり、鉄骨ではなく石そのものを切り出して基礎の柱を作っているので平気ですよ。城の壁も外側は塗装されていますが切り出した石を積み、中は何重かの木材で構造されて

いるので丈夫なんです」

石を切り出すよりは煉瓦を焼いたほうが安く上がる。

城のように何十年、何百年と保たせる建物で火事に注意するべき場所はそうして、街中はなるべく安価でも長持ちするように建てているらしい。

勉強になるわ、と思いながら店を見て歩く。楽器店をいくつか巡って、カフェでお茶にした後、また店を見て歩いたがそれらしい物は見当たらない。

悩んでいると、ガーシュと似たような肌の人が街外れに露店を出していた。

マーケットは許可制、店を出すにも人頭名簿に登録しなくてはいけないから、この場所に布を敷いて座っているのだろう。

ちょうど木陰になる位置だ。これなら店を出している、とは言われないだろう。賢くて少しズルいが、この国の住人になるつもりがないならこのくらいは可愛いものだろう。

メリッサとグェンナはその店に難色を示したが、私は並んでいる品に楽器らしきものを見つけてその露店に突撃した。

褐色の肌に長い髭と眉で人相はわからない。ガーシュと同じような服装に、頭には布を巻いている。

「おじさま、リュートはこの楽器？」

子供の遊ぶような手作りの人形や、特産品の民族衣装に追いやられて端にあった、木の皮でできたような丸い弦楽器を指差して私は尋ねた。

驚いたように片眉をあげた老人は、そうじゃよ、と言って頷いた。

「これが欲しいの。おいくらかしら？」

「そうじゃのう。リュート、という名前を知ってるお前さんになら、銀貨5枚で譲るよ」

因みに、銀貨5枚あれば夫婦2人で1ヶ月充分に暮らせる。

楽器は高いものと思って来ていたので、私は迷いなくお金を払った。グェンナとメリッサは困惑しているようだったけれど。

「ありがとう。大事にするわ」

「またきとくれ」

私は満足のいく買い物だったが、私の手を片手で握り、片手に白い布に巻かれたリュートを抱えたメリッサが店を離れてから困惑している。

「クレア様、本当によかったのですか？　高い買い物ですよ」

「実はね、友達へのお礼なの。私に内緒の友達がいるのは、殿下たちには内緒にしてくれる？　ときがきたら話すから。目立つのがとっても嫌いな友達なの」

さらに狼狽《ろうばい》した顔を見合わせた2人は、ため息をついて渋々了承した。

2人には悪いし、アグリア殿下にも申し訳ないと思っている。けれど、違う国からこの国に1人で来た……そして、もとは戦争をしていた敵国だ……私には、その因縁と関係のない友達は得難いものだった。

性別が男性ではなく、もっと目立ってもいいと思える人だったら楽だったのだけど、と思いながら、行きに目をつけていた雑貨屋でグェンナとメリッサにそれぞれ似合う髪留めを買ってプレゼントし、殿下と私にお揃いの、服の下につけておける小さなペンダントを買った。

私の髪色と同じ、真珠のペンダントトップと、宝飾品にはならない殿下の髪と同じルビーの屑石のペンダントトップのついた物だ。

（誰かに喜んでほしいと思っての買い物は、楽しいわ）

義務として自分を飾るドレスや宝飾品を城で買い付ける買い物以外はしたことがなかった。貨幣価値は知っていても、こうして街で実際に買い物をするのは初めてだ。

私たちは街の外れの馬車との待ち合わせ場所まで、存分に買い物を楽しんでから向かった。

そして、マーケットを抜けて人通りがなくなったところで、うっかりならず者に囲まれてしまった。

「ずいぶん身なりのいいベッピンさんがた、どこに行くんだ？」

「俺らとそこの酒場で飲んでから帰ってもいいんじゃねぇか？　今日帰れるかはわからねぇけどよ」

「違いねぇ！　ギャハハ！」

グェンナとメリッサは荷物を私に預けてならず者たちに向き合った。

暗器は持ってきているだろうが、見た目は屈強な男が15人いる。全員が善人の街も、完全に治安のいい街も、この世界のどこにもない。

とはいえ、王都の平民街にもこんな輩《やから》がいることには驚いた。

政治を学ぶ上で裏社会についても知った気でいたが、末端はこんなものなのかもしれない。

グェンナとメリッサは暗器を取り出すべきか迷っていた。向こうは武器を構えていない。下手に武器を出したら余計に危ない目に遭う可能性がある。とくに、完全にお荷物の私が。

体術だけで倒すにしても、多勢に無勢というものがある。城の中なら私1人をこんな大人数で囲むことはまずあり得ない。険しい顔をして睨みつけることしかできないが、そこに意外な声がした。

「あれ？　クレア様じゃん。街に出てくるなんて珍しいね。——おぉ、おぉ、リュートまである。それ俺の？」

と、のんきに声を掛けながら木立の上から飛び降りて、男たちに背を向け私に笑いかけてきたのはガーシュだった。

メリッサとグェンナが私をさらに隠すように動いたが、大丈夫よ、と告げるとガーシュの後ろの男たちに集中した。今は、隙を見せるべきではない。

「なんだぁ？　このヒョロッちいの。おい、邪魔だどけ。今は俺たちが嬢ちゃんたちを口説いてんだよ」

「そのリュート、手に入れてくれたんだな。ってことは長老のお墨付きだ。クレア様、よかったな」

「え？」

「クレア様は認められたってコト。というわけで、ここは俺に任せてもらおうかな。実力も見てもらいたいし、ちょうどいい」

私は何がなんだかわからないし、ガーシュは楽しそうに目を輝かせている。

グェンナとメリッサに、ガーシュは「クレア様をよろしくな」と告げると、まるでいつか見た曲芸師のように軽々と地面を蹴って男たちの後ろに回り込んだ。

その後、何が起こったのかは私の理解の範疇《はんちゅう》になかった。

ガーシュが飛んで、男たちの後ろを取った後、何かを縛るように両手を交差させた瞬間、15人もの男たちが一斉に尻餅をついてガーシュの足元に引き寄せられた。

ガーシュは平然とそれをやってのけ、男たちも目を白黒させている。メリッサとグェンナにもわからないらしい。警戒を解いていないのは、ガーシュも新たな危機である可能性が捨てきれないからだ。

男たちは立ち上がれない。

強い力……ガーシュの力によって、身動きが取れず、足をジタバタとさせている。

「なんだぁこの野郎⁈　一体何しやがった⁈」

「なぁ、お前らさ、クレア様たちに手を出さずに済んでよかったと思うよ？　俺は恩人だと思うんだけどな。クレア様たちの家、知ってる？」

ガーシュはあまりに軽い口調で、それでいて底冷えのするような圧を込めて、しゃがみ込んで男たちに語りかけている。男たちは相変わらず、手も足も出ない。

「城だよ、城。手を出してたら軽くて打首、悪かったら拷問からの公開処刑で晒し首。な？　助かったろ？」

だからいい子にしておうちに帰りな、と言ったガーシュの声の冷たさは忘れられない。男たちは青くなって、いつの間にか自由になった身体で跳ねるように逃げていった。

「クレア様、そのリュートは俺にくれるんだろう？」

「ええ。でも、今日のお礼もしなくちゃいけないわ。何がいいかしら？」

「リュートをくれて、そうだな、今夜アグリア王太子と話す機会をくれたら、悪くない話ができると思う」

私はガーシュに何者？　とも、何が目的？　とも聞かなかった。

差し出される手に、リュートを渡す。面白そうにガーシュは目を細めた。

「いいかい、クレア様。俺たちは、俺たちのために些細なことを厭わないやつが好きなんだ。クレア様は認められた。今夜を楽しみにしていてくれ」

そう言ってリュートを受け取ったガーシュは、また木立の中に消えていった。

私はやっと緊張が追いついて、早鐘を打つ心臓を押さえて尻餅をつく。

「クレア様、大丈夫ですか？」

「さっきの男は一体……？」

「あの子が私の秘密の友達……メリッサ、グェンナ、ありがとう。今夜はあなたたちも同席して」

私はガーシュが言った言葉を頭の中でぐるぐると巡らせていた。彼の正体は不明だが、不思議な技を使い、俺たち、長老、と言った。

今夜、彼について、きっといろんなことがわかる。アグリア殿下にも、帰ったらきちんと話さなければいけない。

◇◇◇

「本当に些細なことを厭わないんだなぁ。いや、王太子殿下を呼び出すのを些細なことって言ったら悪いんだろうけど」

夜、晩餐の最中に私はアグリア殿下に、城の下働きに雇い入れているネイジア国の青年とちょっとしたきっかけで知り合ったこと、今日の帰りに助けてもらったことを話し、その彼がアグリア殿下と話したがっている、ということを告げた。

アグリア殿下は私がこっそり男の友達を作っていたことに拗《す》ねていたが（拗ねるだけで責めないところが優しいというか、私も私だが殿下も殿下というべきか）、私が男性と仕事したり休憩したりすることは別段珍しいことではない。皆、殿下の婚約者だとわかっているし、私もその自覚がある。そして、ガーシュがそれを邪魔する気がないことも理解できた。

フェイトナム帝国にいたころは、それこそ王家の血は欲しいものの、姉も妹も高嶺の花、という高位貴族からそういう目で見られてきたのだ。私は一番『陥落しやすそう』な王女だった。傍目からは。

しかしそこは『淑女教育の敗北』である。私との縁談までいった殿方は誰もおらず、おかげで今、こうして和平条約の遵守という生贄として嫁ぎ、幸せで充実した毎日を送っているのだけれど。

淑女教育の敗北もあながち悪くないと思う。

と、そこまで回想して、約束通りメリッサとグェンナも同席させて、4人で私の部屋で待っていると、窓の外の木立には何人もの気配がいつの間にかあった。

姿は見えない。けれど、殺気とも違う、攻撃する意志は感じないけれど、とても圧を感じる。

その中の1つが、ガーシュだ。彼は私との約束を守って、窓の中と外、という場所に位置どっている。

いつもと違うのは、その風体だった。

闇に溶ける黒に近い紺の長袖長ズボンに、布の靴。目だけ覆わないような布で口と頭を覆っている。ガーシュはその口の周りの頭布を下げて、枝の先に器用にしゃがみ込みながら窓の中へ声を掛けてきた。

「ガーシュ？　その格好と……えぇと、木の上の皆さんは？」

「これ？　俺の本業の格好。仕事着ってやつ。ネイジアは養蚕……つまり、糸を紡ぐのが特産の小さな国なんだけど、なんでフェイトナム帝国に襲われてないと思う？」

私の頭の中では、地理的に難しい上に旨みが少ない、というのが一瞬で浮かんだ。

山と山に挟まれた狭間に住んでいて、小さい国であり、制圧したとしても旨みが少ない。植民地化できないし、見張りも伝令も往来しにくい。

「そうそう、たぶん今考えていることで合ってる。そんな国なワケだからさ、何代も前に放浪を終えて、ずっと昔から土地に守られてきたわけなんだけど、それだけじゃ食っていけないのね。ほら、輸出も輸入も大変だからさ」

「それは……そうね。便が悪いわ。でもバラトニア王国に養蚕の技術と技術者を売ったのだし、今後は楽だと思うけれど……」

今は、ネイジア国とバラトニア王国の間に道ができている。フェイトナム帝国の属国だった間はバラトニア王国と組むことはできなかったが、今は豊富に食糧も供給されているし、こちらも養蚕の技術を教わっているし国に取り込もうとしている。

今後、絹は世界中に普及していくはずだ。

「まぁ今後の生活は楽だね。今までも楽に暮らせる……というか、今まではこっちで稼いできていたんだ。――諜報《ちょうほう》と暗殺。ネイジアの本当の特産品。今までは1件ごとに金次第だったんだけど、いい加減拠り所が欲しいと思っていてね。クレア様の対応が気に入ったから、長老に話してみたんだよ。で、リュートを『自分で買いに来てくれるのか』がテストだった。悪いね、お偉いさんを勝手にテストだなんて」

頭が追い付かなかった。

世の中には、そういう裏社会があることは知っていたつもりだ。所謂《いわゆる》、裏社会のドンというか、今日襲ってきたような輩をまとめあげる人とか。

侍女のメリッサやグェンナは暗器が使えるが、それはあくまで護衛という役割に徹して覚えたものだ。家がそういうことをしている、というわけではない。

なのに、国単位でそういうことをしてきた？　ずっと、それを生業《なりわい》にしてきたというの？

「だって、フェイトナム帝国でもめったに練絹なんてお目に掛かれなかったろう？　糸は大事なんだよ、俺たちもそっちの特産品は大事にしてきた。高値で売れて、喜ばれるものだしで。で、昔っから糸を扱って、いろんな国に少しずつ卸してきたっていう実績と歴史があるんだけど……ああ、長いから今度話す。というわけで、アグリア殿下。我らネイジアの本物の顔、『影のネイジア』を国でお抱えになる気はないですかね？」

私同様、アグリア殿下も呆然と聞いていた。ガーシュは口もうまいが、実力は今日見た限り本物だ。

さらに、得心するには充分な材料があった。室内の私が気づかない部屋の外に誰かが来た気配など、どうしてガーシュが気づくことができたのか。いくら寝ているとはいえ、誰もいないタイミングだとはいえ、いつ誰が入ってくるかわからない私の部屋に入ってこられたのか。

米と麦の価値が一緒、という観点もだ。ただの一市民にそこまで見抜く目、そしてそれが正確な情報であるということを、自信を持って口にできる人はまずいないだろう。皆目の前のことならば語れるだろうが、国全体について、となれば埒外《らちがい》のことだ。

「仕事は諜報と暗殺、もっと言えば情報戦もこなす。ただ、数が少ないもんで、表立った戦力として頼られても困るんだけども」

「ガーシュと言っただろうか。その……、私はクレアほど貴殿を信じる理由がない。それに、必要も感じていない」

「いや、必要だよ。これはサービスだけど、バラトニアは独立しただろう。和平条約も結んだ。それは『フェイトナム帝国』との話だ。この国は今、大穀倉地帯を抱えて、今まで珍品だった絹の量産体制を整えていて、さらには紙の普及がどんどん進化している。この国を欲しい国が、他にないと言いきれるかい？」

この国は、大陸の真ん中を横断する大国だ。

遠すぎて海向こうの大陸の国からは人が来ないけれど、バラトニア王国の北側には、まだ国がいくつもある。

フェイトナム帝国は、属国として扱うことでバラトニア王国の盾になっていた。

その盾の役割を果たさなくなった。バラトニアが攻め込む理由はなくとも、フェイトナム帝国の属国じゃなくなったということは、他の国から狙われる可能性は充分ある。

「今は結婚の準備で忙しいんだろう？　俺らみたいなのを飼っておくと、隙をついて脇腹を刺される、みたいなことはなくなると思うんだけど」

「こちらに利があったとして、何を対価に求める？」

アグリア殿下は聡明なかただ。言われたことを事実として認め、その考えが抜けていたことを恥じながら、ならばどうすればいいのかを素直に問う。

「庇護。うちの特産品をバラトニアに渡すと決まったときから、これは考えていたことなんだ。こっちの顔の商売も、あっちこっちの国とやり取りをしているのはいい加減限界だ。今後物騒になったら同士討ちなんてことにもなりかねない。フェイトナム帝国とバラトニア王国の独立戦争の余波ってのはそのくらいでかいんだ。で、バラトニア王国が、今は養蚕を手に入れて俺たちネイジアの盾になってくれている。クレア様はきっかけで、いずれ、とは思ってはいたんだけど……、どうかな？　ネイジア国を尊重し、信を置いてくれるなら、今後ネイジアの本物の顔『影のネイジア』はバラトニア王国に永遠の忠誠を誓う」

軽いようなガーシュの声だが、これは大変なことだ。示唆されるまで、確かにその可能性をまったく考えていなかった。

長い属国としての習慣のままでいたが、バラトニアは『独立した』のだから、今後狙われるという可能性をしっかり加味しなければならない。

「……父上と相談して答えを出したい。3日後、また話せるか？」

「了解した。でも、俺たちが気に入ったのはクレア様だから、クレア様の命令が最優先されるのだけは覚えておいてくれな。じゃ、今日は顔合わせってことで、この辺で」

言うが早いか、ガーシュが下げていた頭布を口元にもどすと、木が風に揺れたような音がした。

今まで窓の外にあった複数の気配が何もかも消えている。王城の庭には篝火《かがりび》も焚いてあるのに、誰の姿も見えない。

「クレア、君は……どこまで、私たちを驚かせてくれるんだ？」

「アグリア殿下、訂正させてください」

驚愕の表情で私を振り返った殿下に、私は同じだけ真剣な顔を向けた。

「私も、心の底から驚いています」

◇◇◇

「ふぅむ……」

陛下、王妃様、アグリア殿下、バルク卿、今は騎士団にもどったのでいないジュリアス殿下には決まってから話を通すこととして、あとはグェンナとメリッサと共に、私は昨夜のことを話した。

出来上がってきた国全体の地図の草案の写しに、さらに紙を継ぎ足して、私は祖国で見た地図と地形を思い出しながら、周辺諸国の大まかな地図を描いていく。

「このフェイトナム帝国とバラトニア王国の間にある山脈と山脈の間に、ネイジア国があります。小さな国で、養蚕による絹の量産が特産品です。本当に小さな国なので、たぶん昨夜言っていた影のネイジアというのも、実働部隊は少なく、それを支える裏方と、本業の養蚕の人数のほうが多いでしょう。ただ、大きな国では……とくに帝国、及びバラトニア王国の帝国と反対側の国々の貴族階級は、なかなか血生臭いものです。昨日の口ぶりから、今までは個人単位、もしくは家と家同士の単位での争いに陰で動く者として加担しお金にしていたものだと思います。しかし……」

私は山脈の一部を裂くように、ネイジア国からバラトニア王国への道を描いた。

これはまだ地図に記されていない。商人たちの知る道ではない、新しくできたばかりの道なのだ。

養蚕のことを私が知っていたのは、あくまで私がフェイトナム帝国の王室の者であり、バラトニア王国の王室に嫁ぐからだ。

養蚕については王城の者なら知っているが、商家には新しい国との交流がある、くらいしか知らされていない。なので、国と国を繋ぐ道を作るのも国の事業として行い、詳しい内容は伏せられている。絹とは、それだけ珍重される品なのだ。

「この道ができた。今まで血なまぐさいことに加担してきたのがネイジア国というのはわざわざ喧伝していないでしょうから、バラトニア王国がフェイトナム帝国の反対側にある諸国と戦うことになった場合……その被害はネイジア国にもおよびます。私はきっかけですが、もともと国としてバラトニア王国にくだる気はあったと言っておりました。——私は、頭でっかちですが、ネイジアと組まない手はないかと思います」

「クレア様！」

「あ、あの無礼な男のいうことを信じるのですか?!」

私の提案に難色を示したのは、グェンナとメリッサだ。彼女たちは、私と一緒にガーシュの技の冴えを見ている。

一歩間違えて敵に回せば、ここにいる全員がいつの間にか暗殺されていてもおかしくない。それほどの早業であり、得体の知れない技だった。それだけに、怖いのはわかる。

だけど、私はガーシュに恐怖を感じたことはない。彼はなんだかんだ礼節を知っているし、風土に合わせる。そして、先に自分たちの正体を、私とアグリア殿下に揃って見せた。

アグリア殿下が王太子であり、私が王太子妃となる。

この国の将来の国王と王妃であることを見越して、あえて国王陛下や王妃様の前に姿を現さなかった。永遠の誓い、というのを伝えるのに、未来の国のトップに顔を見せる。もちろん、正式な回答をすれば現トップの陛下と王妃様にも顔見せするだろう。

それだけ脈々と受け継がれてきた『生業』なのだろう。そして、初めてネイジアという国を外に開いたのが、バラトニア王国。

そのバラトニア王国の未来の話をするために、ガーシュは私に正体を明かした。他にもいろいろやりようはあっただろうけど、私を試し、私を気に入ったと特別扱いにすることで、私はまたしても『生贄』になったのだ。

一番気に入ったと言われた私がある日死んでいたら……それは、ネイジアが我が国を裏切る、もしくは、見限る合図だ。

ありがたいやら、勝手に私を指名しないでほしいというべきか、とにかく私はまた国の中で命の手綱を握られたことになる。

それは、この場にいる誰もが理解していた。

「怖くないと言ったらウソになります。ですが、彼らは道を開き、養蚕という秘伝を我が国に託してくれました。託す相手として選ばれたバラトニア王国に、庇護を求め、その代わりに更にネイジアという国の秘密を賭けて託してくれているのです。……すべては陛下がお決めになることですが、私は、影のネイジアを引き入れることに賛成です」

「私も……、私も、賛成する。私はネイジアのことをよく知らない。養蚕についても、私よりもバルク卿のほうが詳しいだろう。ただ、養蚕はバラトニアにとって新たな特産品になること、そして、ネイジア国とのつながりを強く持つことは、お互いの国のためになる。そう、我々がネイジア国の盾になった……が、ネイジアも自国を守るために、バラトニア王国という盾を守る。そのつもりで接触してきたのだと思う。そして何より……ネイジア国はクレアを気に入ってしまった。攫《さら》われるのはごめんです」

なぜ私が攫われるという話になったのだろうか？

目を丸くしていると、なぜかそこのところに同意が集まっていった。あの、論点がおかしくないですか？

「確かに、クレアを手放したくはない。嫌じゃ。孫の顔が見たい」

「クレアちゃんは私の娘よ。渡してなるものですか」

「私としても、クレア様には今後も国政に携わっていただきたく思っております」

こんなことで満場一致しないでくださいませんかね？　という言葉を呑み込んだ。もっと物騒な話で、物騒な確証をもって、物騒に備えるためにネイジア国と手を組もうという話をしていたはずだ。

「では、ネイジア国と手を組もう。こちらの意思は、指定した時間にアグリアから伝えてくれ。正式な書面や細かな取り決めが必要ならば、私も時間を作る」

解散！　となったのだが、私はいまいち納得しきれない顔で暫く呆けてしまった。

もっと大事なところで決めませんか?!　とは、全員真面目な顔をしていて、とてもじゃないが言える空気ではなかったのだ。

◇◇◇

「決まりましたか?」

「あぁ、決まった。我が国はネイジア国と手を組む。影のネイジアとも、だ」

指定した3日後の夜には、ガーシュが黒装束で窓の外に現れた。今日は1人だ。

アグリア殿下の答えに満足そうに笑ったその顔は猫のようでもあり、とっくにその決定を知っていたようにも見える。

油断ならない、とは思う。けれど、ガーシュには終始敵意はない。

それどころか、あの得体の知れない技を私の前で振るってみせた。そして、先日、仲間をつれて『影のネイジア』という手札を見せてきた。

今までは依頼を受けるのも遂行するのも誰の目にも留まらないように、正体を明かさないように誤魔化してきたはずだ。

そんな彼らが揃って現れた。

それだけでも、ネイジアはかなりバラトニアに対して腹を見せている。

もしバラトニア王国が、ネイジアはこういう国で危ない、危険だと諸国に宣言して攻め込んだら、簡単につぶせてしまう。それぞれ離散してどこかの国に身を寄せて生き残ることはできても、ネイジア国も影のネイジアも維持できないだろう。

あえて挑戦的な言葉遣い、こちらを試すような物言いや態度を取りながらも、彼らは最初から弱味をこちらに握らせていた。

ネイジア国も、ガーシュの言葉の通り綱渡りなのだろう。

ガーシュはいつでも姿をくらませることができた。誰にもバレないように、ただ養蚕の技術を伝えるために職人に付いてきてこの国で出稼ぎしている青年として過ごすことができた。

しかし、手を組むとなったら別だ。

先のように、バラトニアはネイジアを攻め滅ぼすことができる。

その相手に腹を見せて信を得る。

同時に、あまりに下に見られてもいけない。

いいように使いつぶされ、いざとなったら裏切られる。

そんなことになったらネイジアは終わりだ。だから、自分たちはこういうことができると示して、私を『気に入った』とし『最優先する』と言った。アグリア殿下にだ。

私の命はもう握っているぞ、という、なんとも遠回しで効果的な（まさかあそこまで効果的だとは私は思わなかったけれど）脅迫をして。

和平条約の生贄……条約を破ることがないように両国にとって重要な立ち位置であるクレア……私を、生かすも殺すもネイジア次第であり、今のところネイジアは私を気に入っていると。

私が死んだら、バラトニア王国とフェイトナム帝国間の和平条約は破られたとしてフェイトナム帝国が攻め込む理由ができる。一体私はいくつの戦の引き金になればいいのだろうか。

国の第二皇女が殺されたとなれば、バラトニア王国はそんなことをしていないと言っても、フェイトナム帝国には関係ない。私が殺されたという事実だけがそこに残る。

殺すまでいかなくても、本当に攫われるくらいはあるかもしれない。私、運動神経はまったく自信がないし。

「クレアを『最優先』にするのは、もちろんネイジア国の保身だとは理解している」

「気に入ってるのは本当だぜ？　だが、まぁ、そういうことだよ。ここまで正体を明かすのもこれが初めてだからさ。それに、小国だしね。前も言ったけれど、真っ当な戦闘はできないし、実働部隊の数も多くない。その辺は追々、面白いネタだろうからクレア様にこの王室の人にだけ読める本にしてもらってもいいし」

「……命を奪うまではいかなくとも、攫わないと誓えるか？」

「バラトニア王国が裏切らない限り、ネイジア国が裏切ることはない。……しつこいようだが、正体を明かすっていうのは、もうほとんどこっちも進退窮まってるんだよ。早く情報を売ってやりたいんだ」

「わかった。陛下は時間を作ると言っていた。いつ代表が来て書面を取り交わす？」

ガーシュはそこで少し考えた。

「昼間だ。昼間、養蚕の書類に紛れさせてネイジアの民が交渉に行く。たぶんクレア様は会ったことがある、あの髭の長老だな。あの人がネイジア国の長老だから」

「……王国なのか？」

アグリア殿下の不可解そうな疑問に、ガーシュは軽く首を横に振った。

「いや、ネイジアは王国じゃない。やるべき仕事に分かれて集落があって、その代表が族長。族長を取りまとめるのが、長老、または、若ければ首長と呼ばれる。何事も合議制で決まって、法律もちゃんとある。で、俺は影のネイジアを担当する族長だ」

「は？」

「しかたないだろ、影のネイジアの実働部隊は実力主義なんだ。俺が一番優秀なんだよ。だから、クレア様と知り合った後に長老に話を通せたし、こうして交渉も任されている。合議で反対が出ていたのもあるんだが、それを説き伏せたのも俺だしさ。まぁ、人は見た目によらないってことで」

ガーシュにある程度の権限があるのはわかっていたが、バラトニア王国で言うのならばアグリア殿下と同等程度には発言力があるらしい。それが血で受け継がれるものではなく、実力で、というのが空恐ろしいところだが。

「じゃあ、近々昼間に養蚕についての何かにかこつけて長老が行くから。俺もたぶん付いていくし、心配だったらクレア様を昼間は陛下のそばに置いておくとか、ネイジアの人が来たら呼び出すとかにしておくといいよ。——俺たちはバラトニア王国も気に入ってるんだ。独立戦争を起こして自分たちで生きていこう、というのがね、いい。長年属国に甘んじていたのもしかたがないし、平和が何よりだけどさ。フェイトナム帝国という盾がなくなったバラトニア王国を、そう簡単に滅ぼされたら嫌だなってくらいには気に入ってる。ネイジア国がここまで信を置いたのは長い歴史の中でもこれが最初だ。……正式な書面を交わすまではこの態度で勘弁してくれ。書面が交わされた暁には、ちゃんと忠義を誓う。それじゃ、また」

ガーシュは言いたいことを言って去っていった。音もなく、また木が風に揺れただけのように。

アグリア殿下と私は、揃って深く息を吐いた。一応緊張していたのは2人とも一緒だったらしい。顔を合わせて笑った。

「お茶にしようか、クレア」

「そうですね。ミルクティーを飲みたいです」

私もアグリア殿下も、ガーシュの言葉を一応は疑ってかかっている。だが、心の半分以上は信じている。

影のネイジアが早く売りたい情報、それは、バラトニアにとって益になる情報のはずだ。それを買うには、信用が必要……これは、あくまでも国の契約。信用ありきなのだ。

私が担保というところが……結局私は、生贄、という肩書からは逃れられそうにない。

だけれど、私の命が懸かっているのに、バラトニア王国の王室の人たちが下手を打つはずはない。それは信じている。

だって、ここは私の国だもの。

8　極冬

ネイジア国民は迅速さを貴《たっと》ぶのか、翌朝には陛下のもとにネイジアの代表が訪ねてきた場合私を呼んでもらうように頼んでおいたら、昼過ぎにもうやってきた。

私と陛下、そしてアグリア殿下、ガーシュを知っているメリッサとグェンナが立ち会い、向こうはリュートを売っていた長老と呼ばれていたネイジアの長老と、ガーシュの2人だった。

絹の染料の最有力である植物の植生と、その管理に関する書類の下に、バラトニアとネイジアの同盟書類があった。

「……ふむ。そちらが我々の影となって情報の収集、及び、有事の際に手を下す、または、情報戦、諜報を行う。こちらはネイジアという国を表向きは属国として扱い庇護に置く。ただし税の取り立て等はせず、あくまで対等な同盟国であることが本質。……アグリア、異議はあるか？」

「ありません」

陛下が読み上げた書類の内容に、アグリア殿下は一切の迷いなく答えた。

長老とガーシュは、何かを促すように陛下を見つめている。

「……ふぅ、これは条約として記さねばならぬのか？」

「ネイジアも、まぁ、我が身大事ではあるんで」

答えたのは長老ではなくガーシュだった。多少お行儀よくはしていても、あくまでも対等の態度を崩さない。

「……最優先命令者はクレアとし、バラトニアがネイジアを裏切った場合クレアを使った報復を為す。ネイジアがバラトニアを裏切った場合は？」

「それこそ、戦力に任せて攻め込んでくれたらいい。道はこの国としか繋がっていないし、一族郎党皆殺しにするのは容易い程度しか国民はいないんだ。実働部隊といっても、数に勝る暴力はない」

お互いに、賭けるものは命だ。それにしたって、ネイジアの国民全員と私１人の命を天秤にかけていいものだろうか。

いえ、しかたないのはわかる。ネイジアは大量殺人ができるわけではない、王城にも忍び込めて、要人を殺すことができる。

陛下でも殿下でもなく私なのは、……客観的に見て、私が今一番この国の発展の役に立っているからだ。

陛下は暫く考えてから、私に向き直った。

「クレア。貴殿はそれで構わないか？」

「はい、私も覚悟はできております。今は、一刻も早くネイジアと手を組むべきかと」

そう、急がなければいけないのだ。フェイトナム帝国との戦争はもう1年以上前。和平条約があり、私がここにいるからフェイトナム帝国とバラトニア王国が戦争を起こすことはない。

しかし、他国は違う。バラトニア王国の北側には大国も連合国もある。

バラトニア王国は穀倉地帯、さらには紙が普及し、交易も盛んで漁業もやっている。そのうえ、ネイジアの特産品である絹の技術まで手に入れた。間者が城に入っていれば、もうそれは公然の秘密、売り出し始めれば秘密ですらない。

おいしすぎるのだ。うっかり自国内のことばかりに目を向けていたけれど、いつ脇腹を刺されてもおかしくないほど、バラトニアは恵まれた国だ。

今までは宗主国としてフェイトナム帝国が名前だけでも盾になっていたが、今はそれはない。

そして、ネイジアにとってもその盾はなくなった。今度はバラトニア王国がネイジア国を守る盾にならなければいけない番だ。そのかわり、ネイジア国はバラトニアに『情報』という得難いものを差し出してくれる。

陛下は、アグリア殿下と私に了解を取った。

この同盟は私たちの代も、その後の代もずっと引き継がれる約定になるだろう。

私が今は生贄だが、形を変えて時代を超えて、約定は一部改訂されながら、まさに一心同体の同盟国として手を取り合う。

バラトニア王国は属国として過ごした年月が長いが、ネイジア国はどの国の下にも入ったことがない。その代わり、あらゆる国の情報を握っている。まるで細い糸を全ての国に張り巡らせるように。

陛下は考え抜いた末に書面にサインをした。2枚、お互いの国で保管すべき書類にサインをし、長老もまたサインを2枚に記した。

その瞬間、長老とガーシュは椅子から降りて膝を床に、片手の拳を反対の掌に突き、頭を垂れた。

国の代表が頭を垂れる……つまり、いつでも首を断ってくれても構わないと、しかし、そうすることで信じているということを姿勢をもって示したことになる。

「これより、ネイジア国はバラトニア王国の影として、各国の情報を貴国に供し、必要な働きをすることを誓います。バラトニア王国におかれましては、ネイジア国の庇護を対価としていただくことを確認しました。今後、我らはバラトニア王国の影となります。身体があり、光を浴びてこそ影がある。そのために、力を尽くすことをネイジア国民一同の命を賭けて誓います」

「長老殿、そして、ガーシュ殿、頭を上げてください。その誓約で充分です。我らに足りないものは情報、そして広い視野。影は長く伸び大きく広がるもの。影なくして生きている者はおりませぬ。ここに結ばれたのは同盟です。どうか、頭を上げて、手を取っていただきたい」

陛下は立ち上がると両手を差し出した。長老とガーシュは陛下の言葉を最後まで聞いてから立ち上がり、長老が手を取る。

ここに、同盟が成立した。他国にバレてはいけない、だが、ネイジアを狙われることになったら、バラトニアは盾となる。

目頭が熱くなった。私は本当に、知識ばかりの頭でっかちな、淑女教育の敗北と言われた女だが、今ここに結ばれた同盟は、歴史として紙に記さなければならない。

永遠にお互いが裏切ることがないように。

「じゃあ、その、同盟が結ばれたってことで……俺はこういう喋り方しかできないんで、勘弁してもらうということで。さっそく情報の提供をさせてもらいます」

ガーシュがそれとなく同盟を急いだ理由がやっとわかった。

それぞれ席に座り直した私たちは、冷めたお茶を淹れ直してもらいながらガーシュの言葉に耳を傾ける。

「極めるに冬と書いて、極冬《きょくとう》と呼ばれる国がありまして。バラトニアはこの大陸の地図はお持ちじゃないでしょうが、これはネイジアが長年の仕事で作り上げた大陸の地図です。ご照覧ください」

ガーシュが懐から取り出した古い紙は幾重にも折りたたまれていて、テーブルいっぱいに広げられた。

私とアグリア殿下、陛下も覗き込む。私はフェイトナム帝国で見慣れた地図ではあるが、まずは国内の地図とその普及にばかり目が行って、こういう大事なものを忘れてしまっていた。情けない。

それにしても精度の高い地図だ。ネイジアが大国ならば、それこそネイジア帝国としてフェイトナム帝国すら食い物にしていたかもしれないと思うほどの。

今はそんな妄想に浸っているわけにはいかないので、ガーシュの話に耳を傾ける。

「正式な名前はラ・ムースル王国。年中冬、この大陸の最北に位置する国です。2年以上前にこの国でも不漁があったでしょう？　この極冬も不漁でしてね、保存食もあったし、この国は狩猟国家なんで栄養価の高い生き物を狩って食っている。作物も育ちませんしね。まぁ肉食の国なんですが……。その不漁が響いてましてね。動物の数が減ってるんですわ。それで、自国では育たない穀類も買い付けてはいたんですが……獣が獲れない、魚も獲れないで国家予算は切迫気味。いよいよもってどこかの国を攻めるような動きに入りました、全部が全部尽きてしまう前にね」

「ふむ……理屈はわかる。だが、近くにも大国や同盟国などがあるだろう。なぜバラトニアが関係する？」

「海から攻め込めるからですよ」

ガーシュは、ぐるりと海を回ってバラトニアの港からラ・ムースル王国までを指で結んだ。

確かに、この極冬の国とバラトニアの港以外は、海路で攻め込み食糧をせしめるのに適した国はない。

海を渡って1日も掛からない職人の国ならあるが、食糧は自国の分を賄い切れていない。攻め込んでもおいしいところはない。

「今まではフェイトナム帝国が邪魔でしたしね。それに、まだ食えていた。動物はそりゃ一定以上狩ったら再度増えるまで時間がかかる。なんとか保存食と魚で食いつないでますが、クジラってでっかい魚も獲れなくなった。どうやら不漁の年に潮目が変わったらしく、暖かい海のほうへと流れていって帰ってきてねぇってことみたいです。で、今せっせと造船してます」

造船、と聞いてざぁっと血の気が引いた。

港町は商会も多く、大事な交易窓口だ。海沿いに続く鉱山を持つ国ともそこからが一番近い。戦争になれば、この国の発展の要もつぶれる。何よりも人死にが出る。

結婚式や責正爵の話をいったん止めてでも、何か対策を考えなければいけない。

「食べ物と交換するものがあっちの国にはねぇんですよ。基本的には狩猟民族で、通貨も王侯貴族が使うための外貨くらいです。着るもの……この場合は実用的な服じゃなく、ドレスとか宝飾品とか……だって自国じゃあ作れない。それに今はそんなもの作るより、食い物をどうにかしないとってところらしいんで……どうやら飢餓が少しずつ広まってるようでしてね」

難しい顔で陛下は黙り込んだ。

この国は今、戦後の復興と新しい技術を取り入れるために、国庫を削って発展していこうとしている。

海から攻め込まれたとしたら、こちらは陸、相手は海、港町に守りを配置したとしても、また疲弊する。

私も血の気の引いた頭で必死に考えた。

要は、極冬の国は食糧難を解決させたい。だが、対価がない。もう攻め込むしかない、という判断に至るところまで来ている。

バラトニアも、対価がないのに食糧を卸すほど、今余裕があるわけではない。様々な国との取引があるし、一度戦争でなくなった糧食を再度蓄えているところだ。だが、交易ならば卸せる食糧がないこともない。

「ちなみに、造船とはいっても……どのくらいの船を、どのくらい造っているの？」

「極冬は木材は困ってないんでね。雪山の木を切り倒して技術者総出で……最後に確認したときには30は、1隻あたり兵士200人を乗せる船ができてましたね。それが2週間前にあがってきた報告で、まだせっせと造っている……1万の兵力で総力戦で乗り込んでくる気でしょう」

「……1万。1隻に、200人……」

陸上戦とは違う。

投石器などを積んでいたり、クジラを獲ることができる技術のある船ならば、近海まで近寄って遠距離から陸上を攻撃することもできる。

こちらにも船はあるが、あくまで交易船だ。細かく兵を送り込んで白兵戦に持ち込むこともできるだろうけれど、兵を送り込んではもどってくる間に船その物が捕縛されたり壊されたりしては意味がない。

そもそも、戦争をしたくない。

ガーシュをふと見ると、悪戯《いたずら》がバレたような顔をしている。私は訝《いぶか》しんで尋ねた。

「ガーシュ、何か……戦争を回避する手段を、ネイジアでは考えてあるのね？」

「クレア様には隠しごとができないなぁ。という冗談は置いておくとして、こっからはネイジアからの提案です。バラトニア国王、極冬の船を買う気はありませんかい？」

「なんのために？」

「言ったでしょう、暖かい海にクジラは流れたって。魚ももちろんね。……つまり、兵士200人を乗せられる船を雇って、極冬の漁師を乗せて、漁業を豊かにするってのはどうかなと思うんですけど」

ガーシュの言葉に、私の頭の中ではぐるぐると、勝手に計画が回り始めた。

「極冬の人は、わざわざ海をぐるりと回ってくるのよね。その間の、自分たちの真水と食料……魚や肉よね？　その上、食料が足りなくなったときには魚を捕獲できる性能の、長距離の海上移動に耐える船が、今たくさん造られてるのね？」

「そう。で、極冬の人らはクジラ……あー捕まえるに鯨って文字で捕鯨ができる。デカい魚っつったが、肝臓の脂は栄養の塊で保存が利くし、食用だけじゃなく明かりとりに使ったり蠟《ろう》にできる脂も蓄えてる。沖は寒いからな。それに、どちらかというと肉だな。魚ってよりも動物に近い」

他にも、私たちが今している近海漁よりも、陸から遠いところには大きな魚や保存の利く干物にできる海産物が大量に獲れるという。

今造られている船が、そのままクジラや他の大きな魚、干物にできる海産物が獲れるようなら、何隻かはバラトニアからの小麦の輸出に使い、遠くの沖合で漁をして卸してくれるなら、戦争も回避できる上にバラトニアにはまた新たな文化が入ってくる。

極冬の人に近海漁師をしている人が交ざって、一緒に仕事をしてもいい。技術だって立派な売り物だ。

「これを遠洋漁業っていうんだけど、1回沖に出たらそうさな、2ヶ月後に帰ってくるのが普通だ。極冬は2ヶ月待てない、潮目が変わって対応も追いついてない。陸の動物は狩りすぎて今は禁止されてる。が、今すぐ穀類の支援をすると言えば、極冬からバラトニアまでは船で1週間だ。往復で2週間。そして、影のネイジアなら正式な訪問とはいかないが、陸路でも往復1週間で極冬に行って帰ってこられる。どうしますかい?」

「今すぐ簡単な条件を書いた親書を作る。早速ですまないが仕事を頼みたい」

陛下の決断は早かった。

本来、バラトニアの人々は戦を求めない。

取引に値するなら、麦は大半が輸出用だから出してもいい。

さらには、木材に困っていないなら今製紙工房に卸している木材の分、山に沿って田んぼを増やしてもいいかもしれない。

その分伐採の仕事は減るが、働き口は漁業でも農業でも、希望するなら文字と計算を教える塾を作って責正爵の資格の勉強をしてもらうのでもいい。

ネイジアの地図の正確さは測量技術と長年影のネイジアとして多彩な国を相手に仕事をしてきた結果だろう。そこは、触れないほうがいい、とガーシュが目で制してきた。

お互いに踏み込まないほうがいい領分がある。今はまだ、この世界地図という情報をそのまま明け渡すには信頼関係が浅すぎる。

「……よかった」

「あぁ、ネイジアのおかげだ。だから……急いだのか」

私が心底安堵の声を漏らすのに、アグリア殿下も同意して、ガーシュに向き直った。

「まぁ、バラトニアが倒れると、次はネイジアなもんで……ネイジアには食い物はないですからね」

謎が多いままだが、交わした書類と先ほどの誓約、そして握手は嘘をつかない。

契約したらかならず全て教えなければいけないというわけではない。実際、バラトニアだってネイジアに全てを教えているわけではないし、ネイジアにとってそれは必要な情報ではない。

同じように、バラトニアにとってネイジアが陸路をどう行ってどう交渉するかは、ネイジアの技術だ。今一番大事なのは、戦争を回避して互いに利のある交渉を締結させること。

これがバラトニアがネイジアに依頼する最初の仕事だ。親書を密かに届けて、交渉し、契約を結ぶ。

そして、答え次第だが……陛下が食糧を出し渋るとは思えない。

戦争を避けるためだ。1週間後の答えを聞いてからでも極冬に渡す食糧を用意して待つことができる。寒さに耐えられる動物がいないのは残念だが、穀物を定期的に輸出し、その分バラトニアの遠洋で漁業をして半分でも持ち帰れれば、飢餓もそこまで広がらないだろう。

どうかこの交渉がうまくいきますように。そう思って無意識に胸の前で手を組み強く握っていたら、大きくて温かい手が私の手を包んだ。

「大丈夫。欲しいときに欲しいものが手に入らないと、それは確かに戦になる。けれど、第三者であるネイジアが、互いに利のある提案をしてくれた。お互いに欲しいものが手に入る、それで争う理由はないよ」

「アグリア殿下……」

「だから、心配しないで」

「はい……！」

私の不安を解してくれる優しい声に、私はそっと肩の力を抜いた。ガーシュが口笛を吹いてからかっていたが、私は殿下に惚れているので気にしない。

コホン、と親書を作成し封蠟を押した陛下の咳払いは、気にしたのでそっと手を離した。

◇◇◇【※ガーシュ視点】

さて、面白いことになった。

ネイジアは手の内を明かし、バラトニアは見事に信を置いてくれた。

ネイジアも変わろうとしている。元は遊牧民、安住の地としてあの場に国を造り、いつの間にか居心地よく定着して、もうどのくらいの間世界を飛び回っただろうか。

ネイジアは小国だ。昔から糸を紡ぐことと、糸を『張り巡らせる』ことを生業にしている。

俺や影のネイジアの実働部隊が使うのは、鉄線と呼ばれる鉄を紡いだ武器。後は長針に、まぁ刃物と言っても短剣くらいだろうか。

痕跡を残さず、証拠を残さず、人を殺し、欺き、情報を収集し、売ってはまた消える。そういう存在だったのに、まったく面白いことになった。

フェイトナム帝国がバラトニア王国を支配している間はよかった。両国はほぼ同じ規模の国であったし、大国に挟まれていても戦に巻き込まれる心配もなかった。地形的な面が大きい。

しかし、まさか、フェイトナム帝国は『自国の宝』と言っても差し支えないだろうに、見誤ってクレア様をバラトニア王国に寄越すと決めた。

それが、ネイジアがフェイトナム帝国側に道を造らず、バラトニア王国側に道を造った理由だとは知りもしないだろう。

小さな国だ。吹けば飛ぶような。山と山の間にある、絹の作り方を知っている唯一の国。

それだけがネイジアの本来の価値であり、それがなければいつ踏みつぶされてもおかしくない場所。

だからこそ情報は命だった。自分たちの命を繋ぐために、昔から各国の言葉を学び、ときに絹を流通させるもその量を抑えて希少価値を高め、それでいながら踏み倒されることも支配されることもないように、綱渡りをしてきた。

だから、フェイトナム帝国がなぜクレア様をバラトニア王国に送り出したのか、最初は意味がわからなかった。

ネイジアから見れば、クレア様は危ない人だ。自分たちなら国の外になんて間違っても出しはしない。

ただ、フェイトナム帝国は大きくなりすぎた。自分の足元……そう、自分の娘のことすら国王は一律の定規でしか測れず、まんまと宝をバラトニアに差し出した。

和平条約については終戦後すぐに結ばれたから、ネイジアもその情報を得たときは『まさか』と思ったが、それでどちら側に付くかを決めたのはある。バラトニア王国しかあり得ない、と。

フェイトナム帝国は良くも悪くもその定規でしかものを測れない。ネイジアからの条約など、対等に結べるはずもない。自分たちは「持っている」と思っている相手だ。手の内を見せるわけにはいかない。

だから、バラトニア王国にした。まずは養蚕。いい加減、絹1つで国を守るのは限界が近いというのは各族長の総意だった。

バラトニア王国の属国、というのは難しい。あくまで対等、それが望ましい。

属国にくだるというのは、長年ため込んだ知識を全てタダで明け渡し腹を見せ殺してくれというようなものだ。

知識量で言えば1人でフェイトナム帝国のあらゆる知識をため込み、ネイジアの者と対等に会話ができる、それがクレア様だ。知らぬふりで近付いたが、バラトニア王国を愛していて、バラトニア王国の1人として生きることを当たり前に受け入れている。

フェイトナム帝国は、俺にいわせりゃ馬鹿だ。クレア様ほどの賢い人を手放すなんてのは……おかげでまぁ、ひと悶着あったようだが。

和平条約の中の1つ、生贄として差し出した自分の娘を殺そうとする。

いやぁ、フェイトナム帝国もあくどい、あくどい。そうすれば、バラトニア側から条約を破ったことにできる、というこじつけができるにしても。

だが、クレア様はそこまで馬鹿ではなかったし、毒薬と解毒薬、中和剤についての正確な知識もある。あの人に腕が10本もあったら、医学書の写しなんざいくらでも書けただろう。世界地図を見せたのも失敗だったかもしれないな。きっと、一度見れば仔細まで書き写すことはできるはずだから。

そのクレア様のことを、バラトニア王国も大事に思っている。クレア様とバラトニア王国の仲が良好だからこそ、ネイジアはクレア様を最優先順位者として指名した。何かあれば、この人を殺す、という意味だ。

そうならないという確信がある。バラトニア王国は裏切らない。ならばネイジアも、かならず裏切らない。

「そうだな、フェルクが一番脚も速いし見た目も信用されるだろう。行ってきてくれ」

「はい」

親書を渡すと、他はなんの指示もなく、年若い眼鏡の青年が夜の闇に消えていった。

クレア様がいなければ、間違いなく開戦していただろうと思う。そして、バラトニア王国は負けたはずだ。

遠洋漁業についてはそこまで詳しくないようだったが、それはしかたない。フェイトナム帝国にも入ってこない本や知識はある。

だが、知恵が回る。海から攻め込まれる、と聞いて、海から攻め込むために必要な物を考え、それを応用できる、と即座に知識が結びつく。

普通の権力者っていうのは、俺みたいな無法者の言葉なんざ聞いても理解できなくて鼻で笑うが、クレア様は理解して自分の口に上らせる。そうすると、権力者は納得する。クレア様だからだ。

ネイジアがバラトニアに手の内を明かす決め手となったのは……まぁつまり、俺が他の族長と長老を説得できたのは、ネイジア全体としてクレア様は要注意人物だったからだ。

近くで見てみれば性質は良好、俺みたいな下働きの青年でも違う異文化に生きている者には興味津々、無礼だなんだという前に教えてもらえることは教えてほしいという好奇心。

普通の権力者とは違う。それでいて、外から嫁に来たくせに誰よりもバラトニアの未来を考えている。

この人がいるならいいんじゃないか、と言った俺の言葉が通じたのも、ネイジア全体でクレア様のことは知られていたからだ。

バラトニアでも同じ呼称だとは後で知って一通り笑ったが――『生ける知識の人』。

「クレア様、あんたのそばは面白そうだ。……絶対に奪ったりはしないさ、笑ってくれているほうが楽しいからな」

さぁ、バラトニアのために働こう。世界中に張り巡らせた糸は全てバラトニアのために。もう他国のこまごまとした依頼はどうでもいい。ネイジアの蜘蛛の糸で、バラトニアに平和と繁栄を。

それが、ネイジア国が今後生き残るために、かならず必要なことになるからだ。

表の繁栄は任せたぜ、クレア様。そして、アグリア殿下。

陰は、俺が守ってやる。かならず、だ。

◇◇◇

1週間後、本当にガーシュは親書の返事を持って王宮にやってきた。

今日は長老はいない、彼だけが王宮の下働きをいつも通りさっさと終わらせて、気軽な様子で陛下の執務室に訪ねてきたのだ。

その1週間を私たちも無駄にはしなかった。まず、陛下への取次の役人と、バルク卿にはネイジアの話を通してある。バルク卿と取次の人に絞ったのは、ネイジアの『仕事』の性質上あまり喧伝するものではないと判断したためだ。

ただ、同盟条約を結んだことは早めに公にしたほうがいいという声がバルク卿からあがった。ネイジアとバラトニアだけが養蚕技術を持っていることと、今後極冬の他にも国と国とのつながりや戦の予兆が出たときに、ネイジアを公には守る立場にあることを国民に知らせるべきだという意見だった。

私も、もちろんアグリア殿下も賛同した。そこは隠さなくてもいいと思う。

養蚕の技術だけでも大変な利益をもたらしてくれる国だ。蚕という虫の育成と定着からなので時間はかかるが、絹糸が紡げるようになればバラトニアは大いに富む。

その技術をもたらしてくれたネイジアを守るという同盟条約に関しては隠し立てする必要はない。属国という扱いで広めてしまうと、ネイジアからの納税を言い出す貴族が……残念ながらどこの国にもいる。あえて、同盟、として発するべきだというのがバルク卿の意見だった。

各役所との連絡は綿密に取っている。すぐに総務部でネイジア国とバラトニア王国の同盟条約の旨を記した書面を作り、印刷に回して各地に配った。

同時に、麦の貯蔵があるところは貯蔵の3分の2を港町に集めるようにと、陛下は指示を出した。それは国庫で買い付けることとして、一先ずは極冬の代表者が船で現れたときにすぐにも食糧を渡せるように準備した。

そして、ガーシュの来訪。私は取次の人に呼び出されるまま、国庫の残りで買い付けた麦の分をなんで補填するか、そういう関係を話し合うための財務部に詰めていたが、さっそくお声がかかった。

バルク卿と私、アグリア殿下が陛下の執務室に向かい、取次の部屋で待っていたガーシュと共に中に入る。

ガーシュはなんでもない物のように懐から親書の返事を取り出した。

陛下は無言のまま机に置かれた返事の封蠟を切り、中を読みすすめて深い息を吐いた。

「……助かったぞ、ガーシュ殿。戦争は回避、あちらはせっせと造っていた船を麦の輸送用にと

りあえず10隻寄越す、ということのようだ」

「それは重畳《ちょうじょう》。俺らも戦争は嫌なんでね……、回避できるならそれに越したことはありません」

私はなんだかんだ戦争にならないか心配していたところもあり、その場にへたり込んでしまった。両側からバルク卿とアグリア殿下が支えてソファに座らせてくれたが、なんだか泣きそうだ。

「本当に、よかった……」

戦争は禍根を生む。関係を複雑にし、さらにはどこにもぶつけようのない怒りや悲しみに囚われている人はまだこの国にも多くいる。

再び開戦、となったとして、一番の被害を被るのは兵ではない、平民だ。

土地は荒らされ、収穫したものを根こそぎ持っていかれ、自分たちはいつ殺されるかわからないまま飢えを堪えて待つ。

私は先の戦争では王城にいた。王都まで攻め込まれることはなかったが、城の中も不安そうな気配でいっぱいだった。

バラトニア王国は独立したいだけだから大丈夫よ、と慰めていた私が情けない。こうしてバラトニアに来て、様々な人たちと接してわかった。不安で当たり前だ。不安を感じなかった私が麻痺していた。

新しい文化を一緒に作っていく。その中で知り合った人たちの生活が脅かされないことに、本当に、心から、安心して涙が出た。

◇◇◇

「お、おきい……！」

「あぁ、あれが攻め込んできたのかもしれないと思うと……ゾッとするね」

相手の船は大きな白い帆の他に、船首に白旗を掲げていた。攻撃の意思なし、という意味だとガーシュがあらかじめ教えてくれていたので、恐れもなく港町でアグリア殿下と船を迎え入れられた。

とはいえ、今まではフェイトナム帝国の監視のもと、シナプス国との装飾品と木材や食糧の交易が許可されていたにすぎない。言ってみれば、遠目からでも小山のように見える船が10隻も入れる港ではないのだ。

ただ、今は港町の倉庫からはみ出るほどの食糧が用意されている。物見遊山の平民も来ているが、今日は港の男衆を雇いあげて荷の運び込みに全員を駆り出した。

10隻の船団だというからこちらも人手も麦も、保存の利く干し肉や根菜まで用意したのはいいのだが、船が余りそうな気がする。3隻もあれば充分にも思うが、足りないと言われても出せる物はこれが全てだ。

自国が飢える、もしくは飢饉に備えられないのはもってのほかである。だが、船団のうちの1

隻、代表者がおりてきて会話をしたときにその不安は消えた。

「はじめまして。ラ・ムースル王国の大使として参りました、財務官の責任者、ル・レイル・グレン侯爵です。グレンとお呼びください」

グレン侯爵は少し口ごもるような喋り方のフェイトナム帝国語で話した。公用語として北のほうにまで浸透していたのか、と、生まれた国のことながら感心する。

「遠路はるばる御足労をかけた。私はこの国の王太子であるアグリア・バラトニアだ。アグリアで構わない。この度はこちらとしても利のある、長い付き合いになる取引を親書の1つで交わさせてしまい、すまなかった」

「いえ、こちらこそ、交渉をする前に我が国には何もないと決めつけ攻め込もうなどと……浅はかでした。遠洋漁業の提案と許可をいただけたこと、そして、食糧の支援、痛み入ります。心より……本当にありがとうございます」

グレン公爵は少し頬のこけた神経質そうな肌の白い男性だった。髪は硬質な銀色で、それを長く伸ばしきれいに整えている。1週間の船旅だったはずだが、変な悪臭もしない。一体あの船にはどんな技術が詰め込まれているのか、私はそちらに気を取られそうになって、ハッとして背を正した。

大使としてきた彼は泣きそうな震えた声でアグリア殿下と両手で握手を交わし、正式な書面……ほとんど陛下が書いた親書と同じ内容を、公正な取引の証書として仕上げたもの だ……を持ってきていた。今日は大使及びその付き添いのかたは城に向かって休んでもらう予定だ。港町では船員の人が交替で休めるように、宿屋は全部空けてもらっている。

「我々が10隻で参ったのは、何も全てに食糧を積み込むためではございません。その足で、遠洋漁業をして帰ることができればと思ってのことです。もちろん、船では自給自足いたしますし、そのように指示を出してあります。食糧は……」

「あぁ、1隻見ればわかる。大体3隻もあればいっぱいになるだろう。他の船は沖で漁をしてくれ。それと、この街には商業組合もある。私も顔を出すので、国や商店で多少買い取りをさせてもらえればと思う」

「我々は、この港を拠点に遠洋漁業をして、そのうちの3分の1を納めるつもりです。その間の飲み食いには、今は必要のない外貨を漁師に与えてありますので、それで通常通りにお金を取ってもらえればと思います。お互いトラブルのないよう、私も暫く滞在させてもらっても……？」

「もちろんです。ここから王都までは1日掛かりません。遠洋漁業にはすぐにも取り掛かってくださって結構。詳しいことは城で細かい取り決めをしましょう。……さすがに、港町の平民に『タダで飲み食いさせて寝所も提供しろ』とは命じられないので、礼節を保ってくれたこと、ありがたく思います。飢えているときの苦しみは……想像を絶するでしょう」

「えぇ、食糧を積み込んだ船はすぐにトンボ帰りさせます。こちらも人員は運んできました、全面的にそちらの港の人たちのいうことを聞くように指示してあります」

「では、こちらからも役人を監視につかせて荷の運び込みと参りましょう。……港の拡張も考えます。今は1隻ずつしか入れず不便をおかけしている」

アグリア殿下とグレン侯爵の話し合いは端的でありながら、少しの争いも起こさないように神経質なものになっている。港の男性が荒々しいのは確かだし、極冬の人たちの気質も似たようなものかもしれない。海は穏やかなばかりではないから、それもしかたないのかもしれないけれど。

だけれど、小さな諍いで大事になってはせっかくの条約が無駄になる。

さっさと条約を結び、お互いがお互いを監視しながらも大きな諍いを起こさずにことが済めばいいと思う。

港に停泊する白旗を掲げた真上を見なければならないような船から続々とおりてくる屈強な男性陣を見て、私は、本当に喧嘩しませんように、と思うしかなかった。

……船の中を見たいというのは、もう少し、お互いの国が落ち着いてからにしよう、とも。

9　いざ、結婚式の準備

極冬との交易条約を結んだ後は、ほぼほぼ平常業務にもどった。

責正爵についての本や取り決め、受験の仕組み等の細かなことは私の手を離れてバルク卿が引き継ぎ、アグリア殿下は極冬との交易、遠洋漁業についてなどをグレン侯爵と陛下で話し合い、細かな取り決めを行った。

船の仕組みやどうやって1ヶ月単位で魚を保存するのかなど興味は尽きなかったのだが、私はいよいよ、結婚式に向けて花嫁としての身支度を始めることになってしまった。

もう結婚誓約書の草案自体は総務部に回されている。さすがに、私も身支度と心の準備と淑女としての再教育を受けなければいけないときが来た。

採寸から始めて、生地の刺繍の柄選び、デザインの打ち合わせ等が私の部屋で、女だらけで行われていく。

王妃様も立ち会い、まだバラトニアでは生産体制に入っていない、ネイジアの練絹を使った白いドレスにすることに正式に決まった。

それだけでも目玉が飛び出そうな金額のはずだが、一生に1度のことよ！　と王妃様が譲らなかった。

確かに、責正爵という新しい仕組みのもと、結婚の証書を交わす、というこの国で初めてのことでもあるし、多少は華やかでもいいのかもしれない。

ただ、私のこのぼんやりとした薄いプラチナブロンドに灰色の瞳というのは、白いドレスだと余計にぼんやりするのではないか、と私が零したら、その場にいた全員が首を大きく横に振ったのには私は首を傾げるしかなかったのだけれど。ぼんやりに真っ白なんて、はたから見たら石膏像みたいじゃないだろうか？

「あのね、クレアちゃんはすっごく素敵な花嫁になるわ。私が保証する。だから自分のこと、ぼんやり、だなんて言っちゃ駄目よ」

「え、ええ、あの、はい……」

王妃様が私の手を両手で握って鬼気迫る表情で言ってきたのだが、私は自分の色彩をぼんやりだと思っているのは事実なので、曖昧に頷くことしかできなかった。

しかし、デザイナーが紙を使ってドレスの形を起こすのを見ていて、少し嬉しくなった。

紙が普及している。今まではフェイトナム帝国のデザイン画や、そのまま衣服を輸入したり、衣服を作るときには輸入したものを真似て作ったりと紙がないことでずいぶん不便だったらしい。

溢れる創作意欲を紙にぶつけられるようになった服飾や宝飾の業界は、どんどん質のいいデザイナーが生まれ、競争し、今や最も賑わう市場になっている。

市民の服装も少しずつバラトニアの気候に合わせながら、変化していっている。今までフェイトナム帝国とあまり変わらなかったように見えた街並みが、平民や貴族の服装の変化でバラトニア王国のものになっていく景色は、私にとって嬉しいことだった。

私のウェディングドレスを担当してくれるのは、王妃様より少し年上のマダムだ。彼女のデザイン案は、フェイトナム帝国の保守的なデザインは残しつつ（今はデザインの奇抜さを競っているところもある、下手な人に頼むととんでもないデザインの服が出される可能性がある）練絹という滅多とない素材を活かした華やかなものだ。

式は秋ごろなので、袖の先にレースをあしらっている。手袋は着けず、定番のプリンセスラインの大きく膨らんだスカートに、首から肩とデコルテまではレースで覆うようだ。

そして、極冬からは意外な物が船と一緒に届いていた。

フェイトナム帝国で見た物とはまた違うが、バラトニア王国にはない、真珠、という宝石だ。貝からとれるらしいのだが、それがまた練絹と合う煌《きら》びやかな白く丸い宝石だ。

外貨が足りない場合に、ということでグレン侯爵が持ってきたものなのだが、加工しやすく、色合いも仄かに青みを帯びて美しい。鉱山からはとれない宝石というのも珍しいし、真っ白なこの石は大きさもまばらだったが、磨けば丸く均一な大きさのボタンにもビーズにもなるだろう。

……宝石のボタンやビーズだなんて、本当に贅沢だけれど。

食べてもおいしい貝だというので、養殖はできないのか、と聞いてみたが、今は難しいとのことだった。時間が掛かりすぎると。

それはそうだろう、攻め込むために船をせっせと造っていたのだ。飢えは何よりも優先して解決されるべき問題だろう。

食べておいしく、中に宝石の入った貝……これは、うまくやれば極冬が他の国とも交易できる品になるはずだ。

バラトニア王国だけが穀倉地帯を抱えているわけではない。極冬は雪に断絶された国だというから、この国でもっと商品価値のあるものを見つけられるかもしれない。

新婚旅行に極冬に行ってみたい、と言ったら殿下は呆れるだろうか？　いや、その前に新婚旅行は無事にできるのかな……？

ガーシュの示した『独立』したことによる弊害。自分たちが王太子と王太子妃になるこの国のことを考えると、外国に行けるかどうかは怪しくなってきた気がする。

などと考えているうちに、ではこれで、と私のウェディングドレスのデザインが決まっていた。

練絹にあえて光沢のない糸で華やかな白い刺繍を施し、ところどころに真珠をあしらうデザインだった。

私はこのデザインを心から気に入った。美的センスはないけれど、練絹はネイジアとの、真珠は極冬とのつながりを表すようで、それでいながら形はフェイトナム帝国でも定番のウェディングドレスの形。

このバラトニア王国という国が、独立し、新たな制度を設立する。様々な国とのつながりを持ちながら。そういう節目に相応しい気がする。

……あと、これだけ豪奢なドレスを着たら、アグリア殿下もきれいだと言ってくれるかもしれない、という気持ちも、もちろんあったのだけど。なんだか王妃様に感動されそうな気がしたので、私は「とっても気に入りました」と笑顔で告げて内緒にしておくことにした。

◇◇◇

「結婚契約書ができあがったんですか?!」

総務部の執務室に、花嫁としての身支度の隙間を縫って報告を受けた私が飛び込むと、バルク卿は目を丸くしてから、口元に手をあててくつくつと笑った。

ここ数日、毎日のように入念なお肌と髪のお手入れと、そしてマッサージのおかげでたぶんかなりスッキリつやつやに磨かれているはずだけれど、そんなに変かしら？　と自分の腕や脚元をまじまじと確認してしまった。

「あぁ、いえ、お美しくなられましたねクレア様。私が笑ったのは、あんまりにも貴女《あなた》らしい第一声だからですよ」

「あ、あはは……お久しぶりです、バルク卿。そ、それで……証書は、どのような？」

「ふふ、アグリア殿下は先に確認していかれました。彼は彼でお忙しい……、内容は問題ないだろうと。他にクレア様に要望があるようだったらそのまま通してくれ、ということでした」

そう言って1枚の紙を手渡された。

製紙工房の中で作られている紙の中でも最上等のものだ。保存が利き、風化が遅く、環境の変化に強い。自然と厚さも出るのだが、厚紙というほどのぶ厚さでもない。

手触りもいい。そして、美しい装飾に細かな文字で結婚契約書にはこのようなことがかかれていた。

『結婚契約書
この契約に基づき、下記に署名した2人を夫婦として認める。

立会人として王族、または責正爵の署名を最下段に記載する。

契約によって、遵守すべき事柄は3つ。

お互いを愛し慈しむこと。

お互いを支え助け合うこと。

お互いに信じあうこと。

以上3つの項目を満たせない場合、別途結婚契約を破棄する書類に署名し提出すること。

その際、王族、または責正爵による調停を受けること。

また、徒《いたず》らに責正爵を惑わす発言を禁じ、真実のみを述べること。

日付　署名欄』

簡易な書類だった。けれど、これでいい。

私はバラトニアの夫婦の形を変えたいわけではない。ちょっと手間を挟むけれど、これでより、結婚というものが強い契約にもなるし、結婚したからといって耳目を気にして離婚できない、という事態も防げる。

この3つを遵守できないようでは、きっと夫婦としてやっていくことは無理だろう。

貴族の政略結婚だとしても、奔放に愛人を作って回るような人間はやはり白い目で見られている。

政略結婚にはもちろん別に契約書類があるわけだが、その点も責正爵の持つ証書があり整備した法案に細かく記載してある。

一番優先されるべきことはこの3つだ。……それでも、貴族の中にはどうしてもお金が必要で、だとか、発言力が欲しくて、という理由で真に好きな人と結ばれない人もいるだろう。

だから、浮気を禁ずるとは書かなかった。お互いに話し合い、納得し、信頼して生活していけるのならば、それはもう他人がとやかく言うことではないのだ。

内容についていろいろと考えを巡らせ、改めて遵守すべき項目をしっかりと考えて、私はこれでいい、と言おうとしてふと気づいた。

もう、日付の欄に数字が入っている。

「これ、なぜもう日付が入っているの？」

「陛下からの贈り物です。——その日を、国民の祭日にするそうですよ」

「ぇぇ?!」

結婚式だけでも相当派手なことになるのは、私を気合を入れて仕上げているあたりでもお祭しだったのに、まさか祭日にするとは……。

「今までは平民は収穫祭だとか、豊漁祭だとかしかお祭がありませんでしたから。新たな制度と共に、新たな楽しみも、ということらしいです」

「そう、そうね……国民にとってはいきなり新しい法で生活が変わってしまうわけだし、楽しみも必要ね」

「はい。なので、お受け取りください」

「……すごく嫌な予感がするのだけれど、その祭日の名前はなんと決まったの？」

私がはっと気づいて尋ねると、バルク卿はまた少し楽しげに首を傾げた。

「聞いても後悔なさいませんか？　変更はできないことですので」

「どうしても嫌だったら、陛下に頭を下げにいくわ」

「……まぁ、そんなに嫌な名前ではありません。きっと気に入ると思いますよ。——約束の祭日、です」

「約束の祭日……」

バルク卿は目を伏せて深く頷いた。

「この結婚は、独立戦争を終え、和平条約から始まった結婚です。貴女《あなた》はその結婚を、契約という約束の形にし、さらには新たな制度を作り、他にもネイジアや極冬という国とのつながりも深めた。その全てを込めて、そして、国民の誰もが知っている言葉で……約束の祭日、と」

彼の言葉に、私は目頭が熱くなった。

こんなに涙もろい人間だと自分のことは思わなかったが、結婚まで、確かにいろんなことがあった。私が嫁いできたのはつい最近のようで、それでも昔のような気もして。

「素敵ね。その日は、もちろん、ネイジア国の人も、極冬の人も、皆関係なくお祭に参加できるのよね？」

「もちろんです。貴女が繋いだ縁ですからね」

◇◇◇

様々な支度を終えて、明日はいよいよ結婚式だ。

部屋の片隅にトルソーに着せられたウェディングドレスがある。本当ならば、フェイトナム帝国の使者……いえ、お父様も迎え入れて、挙げるはずだった式だ。

けれど、お父様はしばらくバラトニア王国には入国できない。少なくとも数年は、フェイトナム帝国の人間が王宮に招かれることはないだろう。

少し心細さはある。いい国だし、いい人たちばかりだし、私は幸せで、人とのつながりも増えたし……あげたらきりがないほど、毎日が充実していて、楽しい。

毎晩のアグリア殿下との晩餐とお茶の時間も嬉しい。

清い関係だけれど、少しずつ手を握ったり、頭を撫でられたりと、お互いに心の距離を詰めてきた。どんなに忙しいときもお互い欠かさずに、晩餐は夜7時、その後は2人でお茶にした。

フェイトナム帝国の王宮では、私は孤独だった。見下され、こき下ろされ、今では笑ってしまうけれど『淑女教育の敗北』と呼ばれていた人間だ。しかし、その敗北のおかげでつけた知識は、バラトニアの地で大きく役に立っている。

嬉しい、と思う。無駄じゃなかったと、私はあのとき確かに、年若いアグリア殿下に「笑えるくらい強く」と言ったが、本当は自分が笑えるくらい強くなりたくて、自分なりに闘っていたんだと実感する。

今の私は、笑える。強くなった。……でも、なぜだろう。どうしても寂しいと、思ってしまう。

バラトニア王国は私の国だ。もうそれは揺るがないし、私自身、自然とそう受け止めている。

私は生贄として、人質として嫁いできた。この国でさらに生贄としての役割を担った。だけど、ちっとも怖くない。死ぬのが怖いのではなく、そういう役割でありながら、誰も私を死なせようとしないからだ。

むしろ守ってくれてすらいる。私を殺そうとしたのは……実の親だ。

この寂寥感《せきりょうかん》はなんだろう。

むなしさとも違う、ただ、結婚式の前夜に初めて感じる、孤独感。

今まで「ここが私の国だもの」と言ってきたのに、今更私はフェイトナム帝国の人間だとでも思っているのだろうか。

……いや、違う。私はただ……おめでとう、と、言ってほしかった。

「ふ……ッ！」

自覚したら、もう止まらなかった。ベッドの上に座ってぼんやりドレスを眺めていた私の視界がみるみる歪《ゆが》んでいく。涙で溶けて、ぼやけていく。

結婚おめでとう。幸せになれ。生まれ育った場所の血の繋がった家族に言ってほしかった。

叶わない夢だ。私は実の親を脅して、開戦をしようとするのを止め、自らを囮《おとり》にして陥れたのだから。

それでも、とどうしても思ってしまう自分が嫌だった。何もいい思い出などないのに、血とはこんなに濃いものだろうか。

「そんなに泣くと、明日は酷い顔になるんじゃないか？」

「……！　ガーシュ……！」

「しっ！　さすがに結婚直前の女性の部屋の前に、夜中に来たことがバレたらアグリア殿下に殺されますって」

「……ふ、そうね。ふふ」

風を入れるのに少し開けていた窓の外から、暗闇に姿を溶かしているのか、ガーシュの声だけが聞こえた。

「クレア様はなぁ……、こういうときアグリア殿下に甘えるってのをそのうち覚えたらいいと思いますけどね」

「あら……、でも、アグリア殿下を困らせるだけじゃ……」

「困りませんよ。好きな女の悲しい顔を笑顔に変える、そんな誇らしいことありゃしませんからね」

私の弱気な言葉に、ガーシュの声が返ってくる。本当に姿も見えなければ気配もしないのに、声だけが聞こえる。私もあえて窓には近づかなかった。彼は、ベッドに座ったままの私の小声も聞き取れるようだ。

「俺らネイジアの人間ってのは、まぁ、諜報をするわけですからね。そのー、閨事《ねやごと》とかもときにはまぁ、するんですわ。実働部隊は。男も女も関係なく。で、男が種をまいてできた子供は、攫ってきます。ネイジアの血は稀に肌の色に出ちまいますからね。で、国で育てる。皆、親が誰かってぇのはわかってないんですよ。国の中でくっつくやつももちろんいるんで、全員ってわけじゃないですけど」

「まぁ……じゃあ、もしかしたらガーシュは、どこかの国のご落胤《らくいん》かもしれないのね？」

「あり得ますねぇ。俺らみたいなのを使うのは、どこぞの王侯貴族と決まってますからね。商人程度じゃ、はは、実入りもねぇってもんで」

彼の身の上話に、いつの間にか私の涙はひっこんでいた。こんなときにも好奇心のほうが勝ってしまう。

「ま、すぐアグリア殿下に甘えられるようにならなくてもいいとは思いますけどね。今日はまだ未婚ですから、俺で我慢してもらうってことで。――で、まぁフェイトナム帝国でももちろん、そういう仕事はしたことがあるんですよ。俺の前の前の代くらいの実働部隊かな」

「まぁ、知らなかったわ……。私はまだまだ、知らないことがいっぱいね」

それは、毎日そう思う。ガーシュが少し苦笑するような、そんな空気があった。

「俺の母親も実働部隊でして、まぁ……クレア様にこういうことを言うのは申し訳ないんですが、皇帝陛下ですしね？　ほら、王妃様とだけー、ってわけにもいかないでしょう。どこぞの貴族の娘だ、属国の貴族の娘だ、って送り込まれるわけですよ、毎晩。で、俺の母親もそのうちの1人として、別の国の娘の代わりにお手付きになってネイジアにもどって……俺が生まれたんですが」

呆れた。というか、驚いた。

というか。なんと表現していいのかわからないが、これではまるで、ガーシュは……。

「私の……お兄様？」

「まぁ、たぶん。血の上ではそうかと」

私は、ガーシュはネイジアの国の民は皆それぞれ血じゃなく縁で家族だ、というような話をされているのだと思っていた。しかし、飛び出してきた言葉は、なんの裏付けも信ぴょう性もないのに、妙に納得ができてしまった。

「……だからね、クレア様。たぶん今日、今日だけですけど、俺が言えることがあるんですよ」

私は驚きと納得という妙な心境のまま、口元を両手で押さえていた。叫び出したいような、息すら殺したいような、そんな気持ちでガーシュの言葉に耳を傾けていた。

「クレア、どうか幸せに。いつでもそばで守るからな。だけど、新しい家族を一番に。――結婚おめでとう。明日の晴れ姿、ちゃんと見てる。……さて、1曲捧げる約束でしたね。目を冷やして、灯りを消してベッドに横になって」

私の姿が見えているかのようなガーシュの言葉に従って、部屋の灯りを落として、枕元の小さな灯りを頼りにタオルを洗面器の水で濡らしてベッドに横になり、目の上に載せた。

ひんやりと気持ちいい。溢れていた涙で熱くなった目が、じわりと冷やされる。

そこに、か細くとも心地のよい……フェイトナム帝国では定番の子守歌が流れてきた。

リュートの音は初めて聞くけれど、この旋律は知っている。ガーシュは寝かしつけるためだろうが、私はひんやりとした布の下でまた涙がにじんできてしまった。

澄んだ弦の音は単音を連ねて奏でる楽器のようで、まるでオルゴールのように、どこまでも優しい演奏だった。

やがて風に乗って届いていたか細い演奏が終わり、ガーシュの声が小さく聞こえた。

「じゃ、ゆっくり寝てください。明日は俺も、こっそり見に行きますんで」

「ガーシュ……！」

お礼を言う前に、彼は風のように枝を揺らして窓から離れていったようだ。もう声は返ってこない。

しかし、こんなところで繋がっていた。私と血の繋がった家族と、私は新しく出会い、それは公にはできないけれど、絶対に守ってくれると言われ。そして、新しい家族を一番に頼れ、大事にしろ、と背中を押してくれた。

先ほどまでの寂寥感はもうない。私は内緒の『兄』に言われた通り、もう一度タオルを水で濡らして絞り、目を冷やしてからゆっくりと眠った。

さぁ、明日は結婚式だ。何もかも初めての、そして、私が本当にバラトニア王国の一員となる、祭日。

10　約束の祭日

ガーシュに言われた通り目を冷やして眠ったからか、私の目は昨日ぼろぼろと泣いた後だというのに、腫れたりはしていなかった。これで腫れていたのなら侍女たちの大ブーイングを喰らっていたことだろう。

グェンナたちが来る前に1人で目覚めた私は洗面器の水で顔を洗い、鏡の中の妙にスッキリとした顔を見て、よし、と笑った。

式典は昼から始まる。さっそく侍女たちがおしかけて、軽い朝食の後に徹底的に磨き上げられた。

もう2週間は磨いているのだから磨くところなどないだろう、と思っていたのだが、まだ磨くらしい。

というか、本当は毎日磨きたいと言われてぞっとした。これだけでどれだけ執務が進むか、と思うような時間を自分のためだけに使っている。

本当に特別なときだけで充分だ。普段から、祖国にいたときよりもずっと手を掛けられているというのに。

とはいえ、結婚式は特別だ。とくに、今日の私とアグリア殿下の結婚式は、特別な日になる。

責正爵を広める、とまではいかないが、結婚契約書に署名して国に納め、その契約を誓い合う姿を大勢の来賓の前に示し、そのお触れを……あらかじめ各地の役所には配布してある、祭日用の飲食物の手配もだ……出し、今日という日を『約束の祭日』と定めて、新たな国の祭日にする。

国民にとって王族の結婚自体は大して記憶に残ることではないだろう。しかし、お祭となれば別だ。

祭日は平民にとっても嬉しい出来事であるし、それと同時に最初は結婚契約書から広めればいい。そうすることで国民に少しずつでも根付いていく。

今まで口頭の申請で夫婦となった人間は、今後2年間の期間を設けて、役所の人間から順に責正爵の試験を受けてもらい、役所にて手続きを行って改めて契約書を納めてもらう。

はい、私がこういうことを考えている間に香油による全身のマッサージと湯浴みが終わりました。ここから先は私もぼうっとはしていられないので、覚悟を決めて鏡の前に座る。

『淑女教育の敗北』と言われていた私の猫背は大分矯正され、座り姿もそこそこ見られるようになった……と、思う。ダンスもこんなに真剣に取り組んだことはなかったし、テーブルマナーは別に悪くなかった。

会話術もバラトニアでは私なりに過ごしてよかったし、今日は着飾って契約書に誓ってサインして微笑んでアグリア殿下の隣にいればいい。

　王都の平民は今日だけは王宮の庭が開放され、そこに押し寄せる。そこにはごちそうと酒が用意され、私の仕上げや披露宴で忙しくする侍女や使用人以外は王城の庭でのお祭となる。

　もちろん、市街で出店を設けてのお祭に興じる人もいるが、王城に来れば飲食無料である、たぶん、大勢の人が押し掛けるだろう。

　今日ばかりは厨房もフル回転、近くの飲食店の調理人もフル回転で料理を作っては運んでもらうことになるだろう。酒の買い付けで商人もだいぶ潤っている。

　っと、また思考が飛んでいたが、気づけば鏡の中には、私のぼんやり顔がくっきりはっきりとする化粧が施され、別人のようになっている。

「え……、なんの魔法を使ったのかしら？」

「お化粧ですよ。……毎回毎回ぼんやりぼんやりと自分のことを仰るので、今日までさんざん研究させていただきました。どうです？　まだぼんやりと仰りますか？」

　メリッサが後ろから肩に手を置いて隣から顔を覗き込み、勝ち誇ったように言う。

　後ろにいる侍女たちもにやりとしている。いつの間に私、実験台にされていたの……?!

　しかし、驚きの仕上がりだ。派手すぎる、ということはない。

　眉にも少し濃いめの金色をのせ、目元は白いドレスに合わせてか濃い青色の染料でくっきりとした線を引かれている。色も下手に赤などは使わず、私のぼんやり……を引き立てるような透明感を出すような化粧だ。

瞼にのった銀を散らしたアイスブルーのシャドウに、頬は少し紫っぽい頬紅がのせられているが、見えないほど薄いわけでもなく、かといって濃すぎることもない。血色がよく見えるくらいだ。

唇に載せられたのも赤っぽい紫色だが、桃色と言ったほうがいいほど可愛らしく薄い色で艶を出してある。

長い薄い色のプラチナブロンドの髪はきれいに結い上げられ、真珠と銀の髪飾りで天然の冠のようだった。

コルセットを締めてドレスを着せられ、背中を留めるために直立したまま縫われていると、グェンナが台座に載ったティアラを持ってきた。

銀の繊細な飾り細工のティアラには、透明度のない青い石……ラピスラズリがちりばめられていた。カットによって光沢を放つそれは、硬質でありながら、今日の化粧にもよくあっている。

「これは、陛下と王妃様、ジュリアス殿下からの贈り物です。本来ならダイヤモンドを、というところでしたが、宝石商と相談してこの石で作られました、クレア様だけのティアラです。ラピスラズリの石に込められた意味はご存知ですか？」

背中の一番上までドレスを留められた私は、髪が解けない程度に首を横に振った。

「永遠の誓い、というらしいです。産出国と直に取引している宝石商によれば、産地ではよく結婚指輪というものに使われるらしいですよ」

「まぁ、結婚指輪に……。あぁ、そうね、フェイトナム帝国では婚約指輪や婚約指輪は普及しているけれど、バラトニア王国ではそういう慣習がないわね。書類のほうばかり気にしていたわ……いいえ、そうではなくて……とっても、素敵だわ」

「このティアラでヴェールを押さえますね。ドレスの裾を踏んづけないように、私たちが会場までご案内しますので」

「クレア様、くれぐれも慌てたり好奇心に負けて走ったりしないように」

「私はなんだと思われているのかしら？」

一番付き合いの長いグェンナとメリッサと軽口でやりあうと、部屋の中にいた侍女たちとひとしきり笑った。

繊細なレースのヴェールを被せられ、少しかがんでティアラでヴェールを押さえるようにティアラの先を結い上げた髪に差し込んでもらい、花嫁の完成だ。

思えばこの国に嫁いできて、本当にいろんなことがあった。

毎日新鮮で、楽しくて、……昨日はとっても心強い味方の存在も、その存在から新しい家族を一番にするようにとも言われた。

新しいバラトニア王国が始まる日。新しい、クレア・バラトニアとしての人生が始まる日だ。

侍女たちにつれられて式典の会場に着く。

王城の屋上が広場になっていて、緑まで植えられている。まったく知らなかった。長い階段は、背中を支えられ、腕をひかれ、ドレスの裾も持ってもらってという大仕事で上ったが、私も忙しく動いている間に体力がついたようだ。息を切らさずに登りきることができた。

バラトニア王国の貴族の他に、上座には陛下と王妃様、ジュリアス殿下、そして、陛下の前に置かれた契約書の前にアグリア殿下が正装して微笑んで待っている。

飾られた椅子に座っていたバラトニア王国の貴族が一斉に立ち上がる。中にはバルク卿もいた。目が合うと、なんだか少しだけ寂しそうに微笑まれた。

全員の視線を受けながら、貴族たちの間を侍女にドレスの裾を持たれて進む。アグリア殿下が手が届く距離に辿り着いたとき、最初に馬車に招かれたときのように、そっと手をひかれた。

「笑えるようになって、そして、君といればどんな状況からでも笑顔になれると確信できた。嫁に来てくれるかな、クレア」

喜色満面で迎えてくれている。

そんなのは、私も一緒だ。

アグリア殿下は、私がどんなことをしようとしても、頭から否定しようとしなかった。ときには悩ましいときに、休むことを教えてくれた。笑えるように強くなって、迎えに来てくれた。

「もちろんです、アグリア殿下。私は、あなたの妻になりにきました」

そうして2人で並ぶと、陛下が結婚契約書の内容を読み上げる。

「この3つの契約をここに誓うのならば、署名を」

「はい」

私とアグリア殿下は、順に署名した。

アグリア・バラトニア。クレア・フェイトナム。2つの署名が並んだ下に、この契約の保証人として陛下がサインをする。

「ここに、アグリア・バラトニアの妻として、クレア・フェイトナムを迎え、クレア・バラトニア王太子妃として結婚が成立したことを宣言する！」

陛下の言葉に、全ての成り行きを見守っていたバラトニアの主たる貴族たちが大きな拍手で祝福を送ってくれた。

私は、クレア・バラトニアとなった。

その様子を屋上庭園の陰からガーシュが見ていたような気がしたが、一瞬で見えなくなる。約束通り、どうやら見守ってくれたようだ。

胸が詰まっていっぱいになった私が泣きそうな顔で笑うのを、アグリア殿下の笑顔が受け止めてくれる。2人で王城の下に集まった人々の前に、花とリボンで飾られた物見台に立って、笑顔で手を振って、大歓声で祝われた。

◇◇◇

窓の外にはまだ庭で騒ぐ宴の音が聞こえ、篝火が木の枝葉の陰からちらついて見える。

結婚式の後の披露宴は、初めてバラトニア王国に来たときの宴と違い、コルセットを締め上げられたまま参加となったので、あまり食べることはできなかった。そして、アグリア殿下と私は主役でありながら、早々に宴会を切り上げることとなった。

私はもう、それを聞いてようやく、そういえば今日は新婚初夜だった、と思い当たって頭が真っ白になってしまい、赤くなったり青くなったりしながらウェディングドレスを解かれ、湯浴みを終えて特別にきれいな寝間着に着替え、部屋で待つようにと言われてソファに座っていた。

なんとか懇願してミルクティーを淹れてもらったけれど、そのミルクティーも温くなってしまった。冷めてもおいしいにしても、私はまだ接吻もしていないし、と思うとその先の想像はできなかった。

お部屋でお待ちください、と言ってグェンナたちは去っていったけれど、私は落ち着かないあまりに逆に何も考えられず、動くこともできず、だんだんと眠くなってきてしまった。これはまずい。

私の頭が回らない事態というのは中々ないのではないだろうか。思考停止していると、眠気が襲ってくる。

以前ガーシュに貰った丸薬を飲もうかと思ったけれど、あれは疲労回復の薬だったようだし、そう考えると今飲んでしまうと逆にぐっすり眠ってしまいそうな気もする。

どんな顔でアグリア殿下を迎えればいいのだろう。と、思っている矢先にドアをノックする音がした。

「ひゃいっ！　ど、どうぞ！」

私は見事に裏返った声で返事をしてしまい、アグリア殿下が少し遅れて微笑みながらドアをそっと開けて中に入ってきた。

彼も寝間着姿だ。なんだか、夜はいつも一緒にお茶をしているはずなのに、変な感じがする。

「クレア、お邪魔するね。……緊張してるんだろう？」

「………はい。申し訳ありません、アグリア殿下」

慌てて茶器を置いて立ち上がって出迎えた私の顔は真っ赤だったことだろう。緊張しないはずがないというか、免疫はほぼ0というか、アグリア殿下だからいい、という気持ちはあるけれど、いっそ政略結婚だったらよかったのかもしれない、とかいろいろと急に頭の中に言葉が溢れてきてしまう。

「謝ることはないよ。ね、おいで」

こんなときでも優しく笑ったアグリア殿下は、私の手を引いてベッドに座ると隣をポンポンと叩いて示した。

手を繋いだり、頭を撫でられたり、少しずつ慣れてきたつもりでもまったくそんなことはない。

これは、これ。また別の次元で、私は小刻みに震えていた。

「クレア、そう怖がらないで。……それから、もう殿下はやめよう。夫婦になったんだから……ね？」

震える私の手をそっと握り、もう片手で私の肩を抱き寄せると、腕の中に閉じ込められた。

こんなに胸が広かったのか、とか、アグリア……様の手も熱い、とか、胸の鼓動が激しいとか、いろいろとダイレクトに伝わってきて、私だけじゃない緊張に、お互いがお互いの存在に慣れるまで、しばらく抱き締められていた。

（あぁ、なんだ……落ち着く……。私は、アグリア様を、ちゃんと受け入れている……）

「私には、指南役がいたことがある。そこは理解しているね？」

「……いなかったら不自然です。王太子ですから、何をするか知らないというのはいけません」

「うん。でもね、あれは本当に授業だったんだ、と思っている。こんなに緊張して、心臓が張り裂けそうで、愛おしいのは……君だからだね」

そっと身体を少し離して顔を見合わせる。私の顔は赤かっただろうけれど、もう戸惑いや不安は浮かべていなかったと思う。ただ、熱に浮かされたように間近で囁かれた言葉だけが自分の中に反響していた。

「クレア、君に恋をしている。あの日からずっと。——そして、やっと、君と結婚できた。愛しているよ、もう離してあげない」

「……私も、私もアグリア様をお慕いしています。……どうか、これ以上は、言葉はもう」

難しいことだった。

これ以上言葉を重ねるのが難しいほど、私の気持ちはアグリア様でいっぱいになっている。

そうだね、と囁いた彼の大きくて熱い手が私の頬を覆うと、私は目を閉じて全てを委ねた。

エピローグ　誘拐事件

数日後、私とアグリア様は揃って結婚の返礼品を買い付けるために港町に向かう馬車に揺られていた。

あらかじめ一律の品を準備しておいてもよかったのだけれど、フェイトナム帝国からの輿入れに対して貴族がどういう反応をするのか、様子を見た部分がある。

その場の態度よりも、如実に贈呈品という物は気持ちを表す。

敗戦国から嫁いできて、国政に口を出しまくり、社交の場には出て行かない私への評判は……総合で、まぁまぁ、というところだった。

バルク卿やジュリアス殿下、殿下の所属する騎士団や、文官たちからの贈り物には温かい思い遣りを感じたが、いまだに他の貴族からは『お客様』という気持ちが透けて見える贈り物が多かった。

気持ちの籠らない、貰って困りもしないが、高価な物だったり、相手を思って選んでない品物というのは往々にしてお返しに困る。

が、そこはやはり王家だ。同じように返してはいけないだろう。

陛下とバルク卿、王妃様に各貴族の特徴や好み、服や小物の特徴、奥方のほうが力が強いかどうかを聞いて、奥方がしっかり旦那様の手綱を握られているかたにはご夫人に向けた贈り物を、紙にメモしてきた。

式のときにご挨拶した方々の顔と名前、特徴とも合っている。喜んでもらえる物が返せるだろう。

王都より港町に向かうのは、王都に来る前によい品は商人が下手をすると外国に流したり、あらかじめ仕入れを依頼されて余ったよい品物まで一緒に買い取ってもらおうとしたりするからだ。一番新しく、各人の好みと返礼品としての値段に相応しい物を買い付けるのならば、港町に行くのが一番だよ、というのはアグリア様に教わった。

面倒なこと極まりないなとは思うけれど、王室からの返礼品が贈答品より値が劣るようではこの先ずっとなめられることになる。

私は慣れているからいいのだけれど、アグリア様がそんな王様だと思われるのは嫌だ。まして、原因が私では。

馬車に揺られながら、私は自分の立場が婚姻をしたことでより微妙なものになったことを感じていた。

フェイトナム帝国にいた第二皇女のクレア・フェイトナムが、内密にバラトニア王国全土に広がった病に対する対処方法を持たせたこと。それだけであれば、宗主国の中にも『マシな人がいる』という形で、変な言い方になるが救世主扱いで済んだ。

けれど、今後書物の知識だけで対応できない流行り病が起こったときには？

このまま死者の少ない、アレルギーという症状ですら手を差し伸べてくれなかった国の下にいたら、どうなってしまうのか？

その不安が、バラトニア王国を戦に駆り立てた。

アレルギーだけでなく、病は人を選ばない。王族でも貴族でも平民でも構わず襲い掛かる。

ただ、双方の国に必要以上に死傷者を出すのは嫌だったのだろうなと思う。

通常ならば卑劣だ、卑怯だと言われてもしかたないタイミングを計り、バラトニア王国全土に勤めていたフェイトナム帝国の官吏や兵を軟禁し、帝国が凱旋し、戦で疲弊している隙を突いて攻め入り、独立を認めなければ、と大音声に叫びながら攻め入る。

フェイトナム帝国の領土はバラトニア王国に比べれば3分の1ほどしかない。しかし、その分都市が密集していて人口は同じくらいだ。

首都まで攻め込まずとも、その傷は大きかった。城勤めの侍女たちが、使用人が、泣き崩れる姿を何度も見た。

そのときの私は戦を起こす理由に思い当たらず、また、教えてもらえる立場でもなかった。普通の資料とは違うのだ。戦の資料というのは、後に歴史としてまとめられた物でなければ私でも閲覧できない。

……そして、すぐさまフェイトナム帝国は降参。最低限の被害で済んだものの、侵略しに行って命を落とした兵もいれば、もどってきてすぐ戦に駆り出されて命を落とした兵もいる。すぐ降参したといっても、フェイトナム帝国にとってはバラトニア王国は手放すにはあまりにも惜しく、歴史の古い植民地だった。

当然、バラトニア王国は和平条約を結んですぐに、監禁していた人々をフェイトナム帝国に返還し、和平条約の締結でも土地を奪うような真似もせず、植民になってバラトニアの国民となっていた者にはどちらに行くかを好きに選ばせ……と、限りなく平和的な条件だった。

麦の値を高値に設定したわけでもないし、賠償金もふっかけたというにはかわいすぎる額だ。

バラトニア王国は望まない戦をすることで未来の自由と、その自由を守るだけの力を手に入れたが同時に、危険にもなった。

属国であったメリットを失い、その代わりに今、医学書や医者、他にもシナプス国の技術者や、紙、地図という品物、ネイジア国の養蚕という強い特産品を得た。

それでも、バラトニア王国側にだって被害者はいた。アレルギーが蔓延したときも、その後の戦でも。

輿入れのときにぼんやり見ていた外の景色は、戦があったのかどうかわからないほど早急に復興に向かっていた。フェイトナム帝国の技術力はそれだけ凄まじい。

ただ、属国として長く、そして多くの植民を受けいれていたバラトニア王国も、紙や本、地図はなくとも、文明レベルが劣っているということはなかった。

植民が暮らしやすいような街が、ちゃんとある。今も、紙が普及し、まるでたまっていたものが噴出するように、目覚ましく変化が起きている。

多少文化は違えど、私も暮らしやすさを感じているし、いっそフェイトナム帝国にいたときより幸せだ。ここでは、私、を視てもらえる。

思索にふけってしまったけれど、返礼品のリストを見返していたアグリア様を見たらばちっと目があってしまった。

「なんだい？」

「い、いえ、なんでもないです」

私の世界は、フェイトナム帝国にいたときも、この国に嫁いできてからも、とても狭いのだと結婚式を経て思い知った。

誰からも祝福される、なんてことはありえないのだと、まざまざと思い知る。

バラトニア王国にも女が政治に口を出すのを嫌がる貴族も、そもそも私を憎んでいる人も、それが王家の一員になり将来は王妃としてこの国の国王となるアグリア様の横で支えていくことを厭う人も、いる。

「今更マリッジブルーかしら……」

小さく呟く声は、馬車の微かな揺れる音に交ざってアグリア様には聞こえなかったようだ。

もっと早く気づくべきだった。

今までが激動だったのもあるけれど、私はまだこの国の、身の回りの人たちからしか歓迎されていない。それどころか、どこか疎ましく思われている節もある。

見下されたり、邪険にされることには慣れているつもりだったけれど、私がワガママになったのかもしれない。

街道の横に延々と続く麦畑に田んぼの黄金の穂がどこまでも広がるのどかな光景を見て、気を休める。港町まではもう少し掛かる。

せめて今のうちに、変に落ち込んでしまった気持ちだけでも回復させておかなければ。

◇◇◇

港町に着く。仕事で来ることはあれど、買い物に街に出るというのは一度王都にお忍びに出たときだけだ。

そういえば、そのときに買ったちょっとしたペンダントを渡せずにいる。

あのときはネイジア国とのあれこれから、いきなり極冬とのあわや開戦かという逼迫《ひっぱく》した状況が続き、つい渡すタイミングを逃してしまっていた。

部屋の引き出しの中に2つ揃ってしまってある。返礼品を選んで帰ったら、殿下に改めてお渡ししよう。

商会の中でもとくに格式が高い商会は、王宮に商品を持ってくる。

なので、基本的に自分たちで買いに来ることはないのだが、馴染みの商人の商会は相当立派で驚いた。

店構えがどこの貴族の館かと思うような、街はずれの庭付きの立派なお屋敷である。

一応、洗練されたデザインの看板が控えめに鉄柵の門の脇に立てられていたけれど、一瞬見ただけではそこが店だと気づかないだろう。

門番も訓練された兵を使っており、よほど王宮よりも厳重に、それでも景観を崩さない程度に、ちょっとした庭を警備兵が巡回していた。

私たちは馬車のままその屋敷の中に入っていく。館まではすぐの1本道だが、その庭の立派なことといったら……生垣で迷路を造ってあり、目印のように石膏像や噴水、東屋《あずまや》があってちょっとした見物でもあった。

「わぁ……」

「あ、元気が出たね。よかった。後で許可を貰えたら庭を散歩しようか？」

アグリア様には私の機嫌が丸わかりなようだ。

少し恥ずかしくなって赤くなった顔を掌で冷やしながら、はい、と頷くと眩しいような笑顔で

「話してみるよ」と言われた。

一先ずは返礼品選びだが、私は早速、王宮に比べれば小さくとも凝った庭に興味津々で視線を窓の外に向けていた。

あっという間にエントランスに着いて馬車を降りると、下にも置かない様子で顔見知りの商人が出迎えてくれる。

贈答品が多すぎるので、返礼品を選ぶのにこの屋敷の商品すべてを持ってきてもらうのは効率が悪いからと、先んじて手紙を出してアグリア様と私が訪ねることを伝えてあったけれど、誰でも自宅（も兼ねていると思われる）に王族を招くというのは緊張するものだろう。

アグリア様の温和な態度と、執事の橋渡しによって商品を選ぶ応接間に案内されることとなった。

「王太子妃殿下はよろしければサロンでお茶でも……」

「え？　いいえ、私も選びますよ。お願いしますね」

商人に急にそんなことを言われて驚いて目を丸くしてしまった。

もしかして、フェイトナム帝国では社交活動は最低限しかしてこなかったし、バラトニア王国に来てからはそういう暇もなかったこともあって、女性というのはこういう『仕事』に関わらないのが常識なのかしら、と驚いた。

返礼品なんて、とくに結婚式の贈答品として頂いた品だなんて、予算は旦那様が決めて内容は女性が決めるものだと思っていた。

実際、アグリア様のカフスボタンや私の装飾品、珍しい染物の布地など、どちらかといえば『女性が選んだもの』と思うようなものが多かった。

あとは、とっても高くて古い年代のお酒だとか、葉巻だとかもあったけれど、ほとんどは女性のセンスで選ばれた物が多かったと記憶している。

なのに、返礼品を私が選ばないというのはおかしな話だ。

「失礼ですけれど、このお店で皆さま贈答品を選ばれたのではなくて?」

「は、はい、それはもちろん……」

「そのときも、奥方はサロンでお茶に、とご案内されたのかしら?」

愛想がよく表情を読ませない商人の顔色がさっと悪くなる。

私は気にしなかったけれど、これに気を悪くしたのはアグリア様だった。

「クレア、どうやら私は店選びを間違えたようだ。一旦帰ってから他の商人にお願いしよう。どうも、王宮に出入りをしていい商人を選び間違えていたようだね」

にこやかに笑いながら私にそんなことをいってくる。アグリア様、お顔、お顔が笑っているのに怖いですよ!

私はここまでの道中で考えていた内容もあって、この程度みくびられるのはしかたがないと思っていた。思った以上に、貴族だけでなく商人まで私をみくびっていることには驚いたけれど。

地図の利権の競りにはこの商会は招かなかった。貴族や王族だけを相手にしている人は、誰もが知っている街道しか使わないし、主要都市や王都、それぞれの領地の屋敷といった、他の商人でも知っている道しか知らないからだ。

大抵の高級品というのは、仕入れは卸売りから仕入れて、さらに高い値段を、貴族や王族を相手に商売をしていますよ、という品格というブランドを付けて売っているものだ。

だとしても情報が少々古いようにも思う。

他の商人から煙たがられているのかもしれない。

王太子妃という肩書を背負った私に対しての態度としては、あまりにも私を知らなさすぎる。とはいえ、私自身がアグリア様の価値を下げてしまうかもしれない、という懸念がさっそくこうして形になって表れてくれたのだ。

ここは自分で挽回してみせたほうがいいだろう。

扱っている品が悪い物ではないことは贈答品やら私の衣服や装飾品を見ればわかることだ。こんなことで縁を切って商人の輪から追い出すような、権力を笠に着た真似をしてもいいことはない。

さてどう見返して納得させようか、と思ってエントランスに飾ってある花瓶がちょうどいい物だと気づいた。

「あら、アグリア様、このお店で大丈夫ですわ。あちらの花瓶をご覧ください。あれはフェイトナム帝国の2代前の皇帝時代に国立美術館に納めてあった品で、遠征の際の軍資金のために属国であったバラトニア王国に卸した品なんですよ。保存状態もよく、今日は私たちが訪れるから飾ってくださったんでしょうね。釉薬《うわぐすり》が独特で、普段から使っていると日差しで色味が変わってしまうんです。なので、エントランスに飾ることはまずないのですけれど、1日くらいならば問題ございません。私が祖国で図欄を見たのと色味、形も寸分違いませんから。歓迎の意思と、私とアグリア様の婚姻というお祝いの意味もあって、飾ってくださったのだと思います」

ですから、このお店で大丈夫ですよ、とアグリア様に笑いかける。

こういう知識自慢のような真似はしたくないし、本来淑女としてはよろしくないだろう。だけれど、ここが私の国だもの、と思って既に根付き、今後もこの国の王族として過ごすのならば、唯々諾々と国民にいいようにされていてはいけない。

まして、私がこの国の役に立つには、私自身が認めてもらう努力をしなければいけない。

商人は私が言ったことが全て合っていることに、さらに顔色を悪くしていた。

大体、王侯貴族の女というのは自宅に招いてあらかじめこれを買うだろうと思われるものから選ぶのが関の山で見る目がない、というのがそもそものこの商人のスタンスだったのかもしれない。

けれど、女性をみくびっていては、今後のこの商人のためにもならない。

私のウェディングドレスをデザインしたのも女性だ。

デザイナーは、男性もだが女性もいる。フェイトナム帝国から流れてきた服を元に、新たなデザインを紙もなしに作ってみせたり、応用して市井の流行を作ったり。

ましてや今はデザインを競うほどの紙が普及した。実際に縫製する技術はなかったり、金銭的に服や装飾品の店を開くことができなかったりした人も、その仕事に関われるようになった。

みくびった意識のまま商売を続けていては、この商人にとってもいい結果を招かないだろう。

女性はデザインを、実際の製作という体力がいる仕事を男性が担当してきている部分もある。

卸業者から仕入れて売る、という属国時代のままの感性では、いずれこの商人はこの花瓶も屋敷も手放すことになりかねない。

「……敗戦した国から、わざわざ属国だった国に嫁がされた、という私をみくびるのはしかたありません。ですが、商人でしたら、もう少し人を見てください。人も物も、よいものを選び、見抜くのが本来のお仕事かと思いますので」

私は商人ではない。だから、専門外の私がこうしてやり込めるのは、本来ならば褒められた行為ではない。

少しだけ申し訳なさそうに私が眉を下げて告げると、商人は襟が濡れるほどの冷や汗をかきながら平身低頭、勢いよく頭を下げた。

「大変、大変失礼いたしました！　外国の姫君にこの国の貴族の好むものはわかるまい、と決めつけてしまったこと、心より反省しております！　どうぞ、王太子殿下と共に品をお選びください。一級品を用意しております」

これであからさまに嫌われて私の意図が通じないかただったら、私は喜んでアグリア様と違う商店へ向かっただろう。

けれど理解してくれた。私はやっぱり、こういうやり取りは苦手なので詰めていた息をほうっと吐き出すと、賞賛の色を湛えたアグリア様に微笑みかけられて、安心して微笑み返した。

「ありがとう。――でも、欲しいのは一級品ではないの。とりあえず応接間に案内してもらえるかしら?」

「え……? は、はい、もちろん」

面食らったような商人が顔をあげ、私の穏やかな声に安心したのか、いつもの調子を取りもどして、アグリア様と私を応接間へと案内してくれた。

◇◇◇

「して、一級品でなくていいというのは……?」

商人は、ルーファスと名乗って侍女にお茶と茶菓子を運ばせた。

くすんだ金髪の初老の男性で、目が細く、身体は細身だ。でっぷりと太っているわけでもなく、服装も華美に過ぎず、センスを感じさせる。

　これまたセンスのある立派な香木のテーブルを挟んで、アグリア様と私、対面にルーファスが座って話がはじまった。

「あぁ、贈答品のリストを見たんだが、今年は確かにずいぶん無茶をして国庫を圧迫したものの、食糧の負担が大きかったと思う。それも備蓄分、正当な金額で国で買い付けて、税金をあげたわけでもない。つまり、貴族の財政は何も変わらなかったはずだ」

「各地の天候や収穫量なども全て王宮にあげられていますから、どこかで飢えた民がいたわけではありません。ので、例年通りか、フェイトナム帝国に支払う分の税金がなくなって1年ですから、どちらかというと貴族は富んでいるはずです」

　アグリア様と私とで、順に説明していく。

　それがなぜ一級品を買わない理由になるので？　と、もはや商人として顔色を読ませまいという気概がなくなっているルーファスに、申し訳なさそうに告げる。

「貰った贈答品は、明らかに父上の代に頂いた目録の品よりも劣るものが大半だった。父上も王太子のときに婚姻したはずだから、これは……」

　その先は、さすがに言わなくてもわかったのだろう。

　なんせ、同じ理由で今さっき私にぽんぽんやっつけられたばかりなのだ。

　ルーファスも商会は親から引き継いだものだろうが、王宮でもしっかり贈答品や献上品は、いつ、誰が、なにを理由に贈ってきたのかをちゃんと記録している。

彼は元来やり手の商人ではあるだろうが、貴族が贈答品として買ったものを、前代のものと比べる、ということはしなかったのだろう。

それだけ見れば、確かによい品ではあるが、アグリア様と『私』の婚姻に、今の陛下たちの結婚を祝うほどの気持ちがない、ということを明確に示してしまった。

貴族も代替わりしている家もあるだろうから、何もそういう家ばかりでないことは理解できるのだけれど、いまだに家督を譲らず頭に居座っている家や、または隠居しても発言力が大きい貴族の家では、私たちへのお祝いは『その程度』ということだ。

（まぁ、主に私へのお祝い、という意味だけれど……）

というわけで、アグリア様と私への贈答品から測るに、私たち夫婦への評価は『まぁまぁ』認めなくもない、という程度だという結論に落ち着いたのだ。

品が悪かったという気はないが、結婚のお祝いに王室に対して贈るにしては一級品という物でもない。財布があまり痛まないくらいで、その中でも最上の品、という位置づけだ。

あまり王室そのものをみくびるのはまずいという気持ちもあったのだろう。お義父様もお義母様も健在で、今のトップはその2人なのだから。

なので、アグリア様と私はお義母様に相談し、リストを照らし合わせ、物の価値はピンからキリまで社交界という場で見て知っているお義母様の助言に従い『二級品の中の最上の物』で返礼することにした。

ここまでを手短にアグリア様が説明すると、ルーファスは口もとに手を当てて考え込んだ。

「……畏まりました。それでしたら、丁度よい物がご用意できるかと思います」

何やら今までと違って深い声音だった。

商売のこととなればルーファスは一流であり、色眼鏡さえなければちゃんと人を見ることができるのだろう。話の飲み込みも早く、考え込んだ彼はそばに控えていた使用人を呼んで耳打ちした。

使用人は顔色を変えることもなく、畏まりました、と言って一度部屋の外に出た。

「元来、婚姻のお祝いというのは消え物は避けるべきですが、殿方向けのものとなりますと年代物の酒や最高級の葉巻などは喜ばれるものです。そういった、一瞬の宝、とも呼べる物でしたら、他の誰とも被りませんし喜ばれるでしょう。対して、返礼品もまた、消え物は本来避けるべきです。ですが、お話を伺う限りいちいち全てを選んでいただく、その価値はないと思います。——そこで、今現在貴族の男性に対して新たに売り出すべく、シナプスの職人と造っていた新たな品がございます。これに、王家の紋章を入れて一律の返礼品とするのはいかがでしょうか？」

新商品、と言われてアグリア様と私は顔を見合わせた。

確かに、既にフェイトナム帝国の監視下にない今、商人が独自にシナプス国とのやり取りを邪魔するものはない。

それを品目として貿易を始めれば関税が掛かるが、交流を持ち、製造元がバラトニア王国の商人の名義であるならば関税も掛からない。

先ほど出て行った使用人が恭しく紺の天鵞絨《ビロード》に覆われた掌ほどの大きさの箱を持ってきた。

目の前に置かれた箱を見て、一体何が入っているのかと、蓋が開けられるのを待つ。宝石の類ならば、箱1つでも素手で触るのはよろしくない。

「これが現在、シナプスの職人と共同開発し、来期の社交シーズンの前に王室にまずはお持ちしようとしていた品です。まだ、デザイン面で拘《こだわ》れる物ですので、シンプルな金属の上に王族の刻印を刻んだものならば『一級品』とは言わないでしょうが、各貴族に侮られることもない、ちょうどいい品かと思います」

そうして開けられた箱の中にあったのは、ネジのようなものが付いた丸いコンパクトのようなものだった。

金属でできたいぶし銀のコンパクトの蓋を開けると、中は文字盤と長針と短針があるだけの……時計があった。

「すごい……。いえ、これは、もうこれだけで一級品なのではなくて?」

フェイトナム帝国でも時計というのは大きいもので、基本は振り子のついた身の丈ほどの置時計、精々チェストの上を占領するような大きさの置時計だ。

このサイズの時計ならば持ち運びもできる。これは新商品というよりも、技術革命に近い品だと直感したが、ルーファスは首を横に振った。

「これは試作品です。まだ完成しておらず、こまめにメンテナンスをしなければなりません。私はこの国の各貴族とのつながりが御座いますので、技術者をつれて定期的にメンテナンスに向かうことができますし、メンテナンス料を頂くこともできます。そのような品を一級品とはとても言えませんが……王太子妃殿下が驚かれましたように、このサイズの時計はこの大陸には存在しないと自負しております。名前を、懐中時計、と名付けようと思っております」

アグリア様も驚いて針がちゃんと置時計と連動して動いている様を見ている。

試作品の段階で技術の流出を恐れず、メンテナンスできる技術者はルーファスのお抱えであるのならば、これが『一級品』なのか『二級品の最上等』なのかは測れはしない。

みくびられることもないし、ちゃんと完成した暁には自腹で好みのデザインの物を買えばいい。

そのときには、きっと目玉が飛び出るような値段がつくだろうけれど、バラトニア王国が新しい技術に目覚めていっている今後、こぞって欲しがるはずだ。

試作品でメンテナンスが必要という部分は、まるで今のバラトニア王国のようだ。

独立し、その和平条約によって嫁入りした私と、独立するために戦うことを決めたアグリア様という私たち夫婦のように未熟で、受け入れてくれて改革を行った現在のように新しい。

これに王家の紋章を入れて一律の返礼品とする。

なんとも私たちらしい品だ。いいかもしれない。

しかし、これを見て簡単に作れる物だ、と判断するほど私たちも馬鹿ではない。

「これは、量産体制は整っているの？」

「本来ならば職人の手で部品を切り出し、組み立てる物ですが……実験のために活版印刷からヒントを得まして。小さな部品となる薄い金属を同型に切り出す機械はできております。組み立てだけはどうしても職人の手が必要ですが、私の取引のある全ての職人に設計図と部品を渡せば……半年後には紋章を刻んだ品を用意できるでしょう」

ルーファスが商人にしては長く思案し、かつ、私たちに提案した理由もよくわかった。

この返礼品にはかならずルーファスの名前と、メンテナンスが必要ということを書かなければならない。メンテナンス費用はとんでもないことになるだろうけれど、今の貴族社会において新しい物を返礼品として得ることはある種のステータスだ。競って買わせる前に、試作品としての、アグリア様と私を象徴する品です、という喧伝にもなる。

私は面白くなって、口元を手で隠して肩を揺らして笑った。

「ルーファス、さすがだわ。ありがとう」

「クレアが気に入っているし、私もこの品と君の手腕には感服したよ。今後とも王室を一番に贔屓《ひい》にしてくれるとありがたい」

きっと、贈答品として贈られた物の総額の倍はするだろうけれど、その分宣伝も手伝うので、値段に関しては「精いっぱいお勉強させていただきます」というルーファスの言葉を信じて概算だけは聞いて、それよりやや多い予算が出せるかをアグリア様と少し話し合い、今日持ってきた所持金を手付金として、足りないようなら王宮に内密に請求に来るようにと伝えてルーファスの屋敷を後にした。

　出迎えたときとは違い、馬車に乗った私たちが門を出て見えなくなるまで、ルーファスは頭を深々と下げて最敬礼で見送ってくれた。

「あ、お庭……」

「まぁ、また来ることになるだろうから、そのとき案内してもらおう」

「そうですね」

　なんだかんだとたくさん慣れないお喋りをした私は疲れていたし、アグリア様も少しぐったりと座席にもたれ掛かっている。

「大丈夫ですかい？　あんまり疲れているようなら、今日は誘拐するのやめますけど」

「ガーシュ?!」

　御者席から箱馬車の前側に付いている小窓を開けて声を掛けてきたのは、来るときに御者を務めた城の御者ではなく、ガーシュだった。

　格好も立ち居振る舞いも何の違和感もなかったのに、こうして声を掛けられればすぐにわかる。馬車に乗るときも「どうぞ」と言いながらドアを開けていたはずなのに、まったく気づかなかった。

「あ、御者さんはルーファスさん家の使用人に王宮からの使者って名乗って馬を借りて帰ってもらいました。ネイジア国からの呼び立てがあって、今夜はお2人は帰られません、ということで」

呆れた。と思ったのはアグリア様も一緒らしい。

そもそも『誘拐するのをやめる』ということは、今現在、私たちは誘拐されている最中らしい。危害を加える気はないだろうけれど、影のネイジアの実力を遺憾なく発揮して、一体何をやっているのだろう、この異母兄は。

私は、ガーシュと私が異母兄妹であるということをアグリア様に伝えていない。

ガーシュは影のネイジアの族長だ。フェイトナム帝国の帝王のご落胤ではない。そんなもの、ガーシュが実力で得た、生活を共にした国の中ではなんの役にも立たない肩書だ。

だけれど、私の異母兄となれば、私生児であろうとも『私が認めたことで』バラトニア王国での賓客扱い、爵位と土地を与えられて最低でも貴族の地位に収まってもらうことになる。

そんな身分に縛られてほしくないし、きっとこれは『裏切り』になるんじゃないかと私は判断した。自分の首と胴体はまだくっついていてほしいし、殺されないにしても私がバラトニア王国から姿を消すことになるのは間違いないだろう。

という、諸般の事情によって私は異母兄であることを頭の中から普段は忘れるようにしているのだけれど、それにしても私だけじゃなくアグリア様までまとめて誘拐とは……。

「ガーシュ？　一体何を企んでいるの？」

「はは、企んでるとかじゃねーですよ。バラトニア王国の港町と、養蚕をしているネイジア国への道の近くに、臨時の俺らの集落があります。ネイジア国からのお祝いってことで、結婚祝いの祭に招待したいと思いまして」

楽しそうに笑いながら、馬車を上手に操って港町を出てから王都とは違う方向に進んでいく。

アグリア様と私は、今日何度目かわからない丸くなった目を見合わせて、結婚祝い、と言われてふっと噴き出した。

国内の貴族には品定めされた政治的な儀式で、逆にネイジア国は同盟国の王太子と王太子妃の婚姻を祭をして祝ってくれるという。

しかも、誘拐だ。

正式に招待するとか、そういう堅苦しいものではなく、心からのお祝いで皆喜んでいるから、ということなのだろう。

結婚しても気が抜けない、という緊張で疲れていた私たちは、喜んで誘拐されることにした。

集落に向かう途中にも、ガーシュは部下がうまいこと立ち回って城の陛下たちにも伝令を出したと説明してくれた。ならば、まぁ、無断外泊しても大きな雷を落とされることはないだろう。

せっかくお祝いしてくれるというのに、心配されているかも、なんて気を遣っていては楽しめるものも楽しめない。

「……そういうことなら、今日は誘拐されようか？」

「はい、誘拐されましょう」

ガーシュは以前言っていた。ネイジアではちょっとしたことでもすぐ祝って祭にすると。

そのネイジアの輪に、私たちという夫婦を招いてくれるのは、なによりも嬉しいお祝いかもしれない。

◇◇◇

ネイジアの集落は、そこだけ異国のような光景だった。

何もない草原にいつの間にこんな集落ができたのかと思ったが、車輪付きの梯子《はしご》の備わった大きな馬車のような家に、見たこともないような身体の大きな、それでいて脚も太い馬が何頭も放牧されていて、羊も放されている。

辺りには民家の1つもない。森の中というわけでもないのに、まったくいい場所を見つけるものだと感心した。

柵も何もないが、馬車のような家がぐるりと囲んでいる場所がネイジアの人たちが臨時で暮らしている場所なのだろう。

入り口で降りると、肌も髪も瞳も色がばらばらの子供たちがわっと近寄ってきて、私とアグリア様の首に花輪をかけていった。

顔の半分まで埋まりそうなほどたくさん首から花輪を提げた私たちが、お互いの姿に顔を見合わせて笑っていると、御者姿のガーシュが上着を脱いで馬車の馬を放して近付いてきた。

「おー、似合う似合う。祭の主役はこうやって歓迎されるんだ。……なぁ、今着ている服って、結構大事な物だったりするか？」

服、と言われても、今日は港町まで日帰りで買い付けに行っただけなので、普段の仕事着に近い。アグリア様はシャツにループタイ、ズボンに革靴。私はブラウスにスカートだ。

生地は高い物だが、別に自分用に誂《あつら》えた1点ものという服でもない。

「いいえ？　どちらかというと、楽な服装」

「そうだね。店で買った既製品だ」

「それはよかった」

さっぱり意味がわからない。

が、ガーシュがにんまり笑ってさっそく木を組んだ大きな焚火にする予定だろう物の周りで酒と料理を楽しんでいる人たちのほうへと駆けていく。まだ明るいので、火はつけられていない。

私たちも歩いて近付いていくと、少し待っててくれ、とガーシュが言って1つの家に入り、いつも通りの服装に着替えてもどってきた。変装するために王宮の服を『拝借』したのだろう。これだけ大きな火を焚いていれば、確かに汚れるかもしれない、なんて思って見ていた。

その間に、組木からほどよく離れた場所に敷かれた厚手の絨毯の上に座らされた私たちは、首から花輪を提げたまま、目の前に並べられた見たことのないごちそうと乳白色のお酒が入ったお椀を前に、次々とおめでとう！　おめでとう！　と声を掛けられていく。

時間としては、ちょうど夕方に差し掛かろうかという、午後の終わり、夕方のはじまりの、少しだけ薄暗い昼間という時間で。

「我らが同盟国の未来の王様と王妃様の結婚を祝して！」

ガーシュがそう言った途端、どこから取り出したのか、集落にいた１００人ほどの人が一斉に組木の周りで、天に向かって極彩色の粉を投げた。

人の手で作られた虹は、もちろん粉なので一度投げられたら落ちてくる。ごちそうの上にも酒の上にも、もちろん私とアグリア様の上にも降りかかる。

全員が歩いたり走りまわったりしながら粉を投げ終わるころには、私たちもネイジアの人たちも、皆派手な色に頭の先からつま先まで染まっていた。

青と赤と黄色に塗られたアグリア様の顔も、私はどんな色かはわからないけれど似たように塗られた私の顔も、服も、おかしくて声をあげて笑った。

ネイジアの人たちも、もう皆誰がどんな肌色かわからない。

粉は肌や地面に付着する性質のようで、空気中に舞い上がったままということはなかった。

食べても大丈夫なのだろう。食欲の失せそうな色に染まった肉に齧りついている人もいれば、いきなりいくつもの太鼓を叩いたり、リュートを構えて演奏を始め、それに合わせて知らない言語で歌いはじめたりする人もいる。

白かったお酒はすっかり絵の具を溶かしたような色になっていたが、そのお酒で乾杯！　とあちこちで声があがり、私とアグリア様も乾杯をした。

「乾杯、クレア」

「はい、アグリア様。……ふふ、あはは、おかしい」

こんなお祭は知らない。どんな書物でも見たことがない。

こんなに極彩色に染まってしまったら、もう淑女でもなんでもないだろう。

ただの、アグリア様と私の結婚のお祝い。王太子でも王太子妃でもなくなった私たちは、いつになくテンションの高いガーシュがやってきてもう一度乾杯をし、やがて夕暮れになると組木に火がつけられ、大きな炎を囲みながら、名前も知らない人たちと、どんどんと出てくるごちそうとお酒を楽しみ、知らない歌を歌い、踊ったことのない踊りを踊り、月が中天を越えて傾くまで宴を楽しんだ。

アグリア様がネイジアの男性と一緒に踊っている中、燃え尽きそうな組木のそばで少し休んでいた私の隣に、ガーシュがやってきて腰掛けた。

「ネイジアも、いいだろう？」

「そうね、とても……とてもいいわ」

面白そうに私の顔を覗き込むガーシュの目は、なんだか心臓が早鐘を打つような真剣さを浮かべていた。

「もし、お前が権力だのなんだのが嫌になったら……」

「いいえ、だめ。ネイジアはいい国だけれど、私の国は、バラトニアなの」

私も、今は極彩色に染まった顔で、同じだけ真剣な目をして告げた。

ガーシュと私に共通する、フェイトナム皇帝の灰色の瞳。

短い言葉のやり取りだったが、ガーシュが何を言いたかったのかも、私が何を言いたいのかも、これで充分通じ合った。

「はー、お兄ちゃんは寂しい」

呆れたように笑ったガーシュがそのまま草の上に寝転がると、私はきょとんとして首を傾げた。

「どうして？　絶対守ってくれるんでしょう？」

それはつまり、ずっと一緒にいる、ということだ。

隣にいるのはアグリア様だけれど、私とガーシュがそれで離れるわけでもないし、血が繋がっているという事実も変わらなければ、ネイジアとバラトニアの同盟も変わらない。

結婚式の前夜に言ってくれた。いつでもそばで守ると。だから、ガーシュと私は離れ離れになることはない。何も、寂しいことなんてない。

「それとこれとは別。でもまぁ、よかった、俺が優秀で。祭の号令が出せるのは族長以上だからな」

「あはは、そうね。ガーシュはとっても優秀だわ。全然気づかなかったもの」

「そこは少し心配だな。他国にだって、この国にだって、俺たちほどじゃないにしてもこういう諜報活動やらに長けた人間はいる。そう簡単に誘拐されるのは困るんだけど」

「そのときは守ってね、……お兄様」

私は長いスカートの膝を抱えて、そこに頭を乗せて寝転がったガーシュを見て、最初で最後の呼び方で彼を呼んだ。

珍しくガーシュのほうが固まっている。顔色は極彩色でわからないが、顔を片手で覆って、まいった、と呟いてからくつくつ笑い始めた。

そんな私とガーシュを見て、酔ったアグリア様が大股に近付いてくる。あ、怒ってる。

「ガーシュ！　前から思っていたんだが、ちょっとクレアと親しすぎるんじゃないか?!」

「おっ、旦那の登場か。嫉妬しいの男は嫌われるぞ?」

明らかに酔っぱらっているアグリア様の台詞を、ガーシュが挑発してからかう。

「ちょうどいい、男と男の勝負があるんだ。そこの木樽で腕相撲するぞ！」

「いいだろう！　俺が勝ったら、もう少しクレアに遠慮しろ！」

「じゃあ、俺が勝ったらもう少しクレア様と仲良くしてもいいんだな?」

足元も怪しいようなアグリア様は、どん、と胸を叩いて大きく頷いた。

「いい！　そのときは、我慢する！」

「あはは、まるで子供の言い様だな！　よし、勝負だアグリア様！」

そうして、仄かに焚火に照らされた位置に置かれた酒樽を挟んで向かい合ったガーシュとアグリア様は、樽の上に肘をついて互いの手を組んだ。

決められた勝負だとはいえ、これで怪我でもされたら困る。どっちが怪我をしても、だ。

「先に相手の手を樽に付けたほうの勝ち。肘を浮かせたり、蹴ったりするのはやったほうが負け。オッケー？」

「オッケーだ。クレア、絶対勝つからな！」

こんなに乱れているアグリア様は初めて見るかもしれない。

お酒には強いほうだと思っていたけれど、一体何を飲まされたのだろう？

すっかり酔っぱらって前後不覚だ。この勝負の行方がどうあれ、その結果を覚えているかも怪しい。何を賭けたのかも。

面白がったネイジアの男性が間に立って、握り合った拳の上に手を置いた。

「はじめ！」

そういって手を放したのを皮切りに、酔っ払いのアグリア様と、たぶん酔っ払いのガーシュの試合が始まった。

お互い、鍛えて締まった身体をしているが、素早さや身のこなし、体幹という部分はガーシュが強く、単純な力ならばアグリア様のほうが強いようで、勝負は拮抗している。

「おい、族長！　王族のぼんぼんに負けるなよ！」

「いいや、ここは未来の王様に勝ってもらわなきゃなんねぇ！」

「なんだと?!　よし、俺らも勝負だ！　おい、ハンターアローを持ってこい！」

場外乱闘でも始まってしまうの?!　と驚いてみていると、それは革袋に入った透明な液体だった。

手の上にちまっと載るくらいのティーカップより小さい器に注がれたそれは、たぶんお酒だろう。

ガーシュとアグリア様の勝負の行方を見つつ、そのお酒を同時に飲みはじめ剣呑な叫びをあげていた男たちが、酒を飲み終わった瞬間にばたんとあおむけに倒れて驚いた。

あ、これだ。とすぐわかった。

絶対、アグリア様もこのお酒を呑まされている。

健やかすぎるいびきを聞きながら、ややアグリア様に有利に傾いてきた勝負に集中する。

「クレアは……俺が……幸せに……するんだ！」

「何を……いうかと思えば……！　クレア様は、自分で幸せになれる人だ、ぞ……！」

「嫌だ！　俺といるときが一番幸せじゃなきゃ、嫌だ！」

聞いているこっちが恥ずかしくなるので、アグリア様が覚えていなかったら絶対に内緒にしておこうと思う。

そして、わかってて煽《あお》っているガーシュに困った目を向けた私の視線を受けて、ガーシュが苦笑した。

お熱いことで、と口の形だけで言われたと思ったら、ばたん、とアグリア様の腕がガーシュの腕を木樽の上に倒していた。

「勝った！　クレア、勝ったぞ！」

そう言っていきなり私を抱き締め、抱き上げるアグリア様からは、消毒用に使われるようなアルコールの匂いがした。

ハンターアローというお酒、どれだけ強いお酒か知らないが、絶対に呑みすぎだ。

今は興奮していて気づいていないだろうけれど、アグリア様が明日、馬車に乗れるかどうかも怪しい。

「アグリア様、離してください、ほら、どこにも行きませんからお水を……」

「嫌だ！　やっと結婚できたのに、離れないぞ！」

「どこにもいきません！」

結婚前から浮気しちゃだめだなんだと、少し嫉妬深い人かもしれない、とは思っていたけれど、お酒の力って恐ろしい。

もし、明日目が覚めたときにアグリア様がこのことを覚えていたら、一生部屋から出てこないかもしれない。それは困る。

どうにかして、という目でガーシュを見ると、しかたないな、とばかりに笑ったガーシュが懐から木の葉で包んだ見覚えのある丸薬を取り出した。

片手で水も持ってこさせる。

「アグリア様、ほら、口開けて」

「うん？」

私を離さない以外は素直なのが幸いして、私を抱きかかえたまま、アグリア様はガーシュのほうを向いて口を開いた。

そこに丸薬を3粒ほど入れると、羽交い絞めにするようにして、無理矢理水の入った革袋を口につっこみ、片手で飲み込まずにはいられないように喉を押さえて丸薬を無理やり飲ませる。

「な、にを……」

「明日のあんたを救う薬。おやすみ」

そういうと、最後の理性で私をそっと地面に下ろしたアグリア様は、その場に崩れ落ちるようにして眠った。

いびきをかくほうではないけれど、今日は小さないびきをかいて眠っている。

「それ……前に貰った丸薬？」

「そう。普通は1粒でいいんだけどな、ったく、調子に乗ってハンターアローなんて呑ませるから……」

「あの消毒液みたいな匂いのお酒、何？」

うーん、とガーシュは考えるようにして目をそらし、頭をかいて、はぁとため息をついた。

「ネイジアは山脈と山脈の間に囲まれてる。他の国じゃ見られない植生がある」

「麦を蒸留したものじゃないの……？」

「酒の木、って、元から酒精を蓄えている木があるんだ。その空洞の中に、くぼ地だからな、寒期をすぎると酒をため込むんだ。それがハンターアロー。狩人の矢、っていう酒だ。一番小さい器で1杯呑めば倒れる、ってのが常識なんだけど……ずいぶん酒が強いんだなぁ。おい、アグリア様は何杯呑んだんだ？」

ガーシュの呼びかけに、何人かが面白がって呑ませたと白状したので、たぶん10杯ほどは呑んだんじゃないか、ということだった。

「10?!　っかー、呆れた……それで俺と腕相撲で勝つとか……、愛されてるな、クレア様」

面白そうに見られたが、とんでもない話だ。急性アルコール中毒を起こして亡くなる人だっているのに、なんてものをどれだけ呑ませてくれているのか。

私はアグリア様の頭のほうに駆け寄って呼吸を確かめ、胸に耳を当てて、心音が変な動きをしていないかを確かめた。首で脈も取ったが、正常だ。

ほっと息を吐く。

「その丸薬、すぐに効くお薬なの？」

「そう。ちょっとだけ眠くなるようにはなってるけど、内臓の働きを助けて疲労を回復させる、って代物だから心配ない。３つ飲ませて正解だったわ。明日は頭が痛いくらいで済むだろうよ」

◇◇◇

翌日、ガンガンに痛む頭を抱えて水と吐き戻し用の革袋を抱えたアグリア様と、そこまで飲みすぎなかったにしても極彩色に染まったままの私は、馬車にネイジアの人たちから貰った絹の敷物を敷いて座っていた。

なんて贅沢な馬車だろう、と思うけれど、とりあえず窓を開けておかないと、アグリア様から漂う酒の匂いだけで私まで酔いそうだった。

ガーシュはいつの間に洗い落としたのか、身ぎれいにして御者の服に身を包んで、私たちを王城まで送ってくれている。

よくも悪くもネイジアは自由な国だと思った。これが集落だというのだから、一体国をあげたお祭はどんな惨状になるのか、と思うと行ってみたいような、怖いような気もするけれど。

とりあえず、この後私とアグリア様はお城に帰るなり姿を消したガーシュのせいで、怒られたり洗われたり、そして敷物にされた大量の絹がネイジア国からの贈答品として記録されたりと、なんだかんだと日常にもどったのだけれど。

アグリア様だけは、頼むから1日だけ寝かせてくれ、と言って身ぎれいにした後、部屋から出てこられなかった。

私は前に貰った丸薬を、唸っているアグリア様にもう2粒飲ませて。

「……一緒に、幸せになりましょうね」

そっとそう呟いて、自室にもどった。

翌日、返礼品の話をお義父様とお義母様に報告すると、2人はむしろ、真っ先にそれが欲しいと言い出したので、ルーファスはとことん商売上手だ、と思いながら伝令の手紙を書いた。

了

番外編　ミルクティーのお供決定戦

「ミルクティー……、とてもおいしいんですが、お茶菓子と合わせると少し……」

「もしかして、くどい？」

　いつもの夜の穏やかなひととき、私は定番になったミルクティーの入ったカップを両手で包み、小さな溜息をついた。

　アグリア殿下のいう通り、お茶請けとして供されるお菓子が、ミルクティーと合わせると少々くどいのだ。

「この国は農産物が豊富ですから、ドライフルーツやプリザーブを使ったお菓子が出てくるのは当然だと思います。けれど、ストレートティーには合うと思うのですが、ミルクティーと一緒だと……いまいちこう、お互いの甘さや濃厚さがぶつかり合ってしまうというか」

　夕飯のあとなので出てくるお茶請けも少ないし、ミルクティーもよほど疲れているときでなければ砂糖を抜いているものの、やはり少しばかりくどい風味になってしまう。

　かといってストレートティーを飲むと、それはそれでお茶請けが進みすぎるので、就寝前にお腹がいっぱいになってしまう。

些細な問題だが、せっかく殿下と過ごすゆったりとした時間、どうせならちゃんと楽しみたいというのも本音だ。

「そうだねぇ、私はストレートティーだからちょうどいいけれど、ミルクティーには少し味が濃いかもしれない」

「どちらにも合うお菓子、というものがあるといいんですけど」

難しいかしら、と後ろに控えているメリッサとグェンナを振り返る。

内容を聞いていてないようにしつつ控えておくのが出来た使用人というものだが、主人に声を掛けられれば別だ。

2人は顔を見合わせて少し考えた後、自分たちはそもそもミルクティーをあまり飲まないので、と答えた。

牛乳も紅茶も使用人が飲めないほど高価なものではなく、福利厚生として各地の役所にも常備しようかと思っているほどの日常的な嗜好品だ。

お茶請けだって、たまのお休みに街に行けば買えるものだし、厨房で余ったものを皆で分けているのも知っている。無駄に捨てるくらいならそうして食べてもらったほうがいい。

とはいえ、ミルクティーを好んでいるのはこの部屋では私だけのようだ。淹れるのは上手いのに、どうしてかしら？　と思ってアグリア殿下を見る。

「うん、言いたいことはわかるよ。ミルクティーはおいしいんだけど、どちらかというとお客様にお出しするような物というか……。好きな人ももちろんいるんだけど、ストレートティーのほうが仕事の合間や休憩時間、お菓子と合わせたときにおいしいというのもあって、あんまり毎日飲むものじゃないんだよね」

「このとろけるような舌触りと、甘い香りと味が最高に癒されるのに……」

「ストレートティーはどちらかといえば味わいは緑茶に似ているから、逆にクレアがそこまで気に入ったことに実は驚いていたんだ」

疲れたときにはもちろん最高だけどね、とアグリア殿下は付け加えた。

ここにも文化の違いというか、各個人の好みの違いが出ているとは思わなかった。

ストレートティーもおいしいのだが、冷めてしまうと少し苦みが気になるし、私は考え事に没頭してしまいがちなので、冷めても苦みが出ないミルクティーはとくにお気に入りだ。ストレートティーが嫌いなわけではなく、私にはミルクティーが合っているというだけなのだけど。

お茶会などでお喋りしながら飲むならばストレートティーがおいしいし、喉も潤う。すっきりもするし、私もそういうときにはストレートティーを飲む。

要は場所と時間の問題で……寝る前のアグリア殿下と過ごすこの優しい時間には、やっぱり自分の好きなミルクティーが飲みたい。

必然、ミルクティーに合うお茶請けがほしいけれど……晩餐のあとでもあるし、寝る前にそんなにたくさん摘まむわけじゃないものを、わざわざ毎日作ってもらうのも申し訳ない。

今テーブルに並んでいるのは、基本的に王妃様や陛下が昼に社交で出したお菓子の残りだ。

それを無駄にする気はないものの、それはそれとして、ミルクティーに合うお菓子は探してみたい。

あまりにワガママかしら、と両手で頬を押さえて悩んでいると、アグリア殿下がおかしそうに口許に手をあてて声をあげて笑った。

「ふふ、可愛いねクレア。ねぇ、皆仕事は仕事でも楽しい仕事がしたいと思うんだよ」

「楽しい仕事、ですか？」

私は今でも充分とっても楽しく仕事をしているので、わからずに首を傾げた。

「皆が皆クレアのように没頭しているわけじゃないよ。毎日同じことの繰り返し、という人がきっと大半だ。――だろう？」

今度はアグリア殿下が後ろに控えている2人を振り返って訊ねる。

メリッサとグェンナは今度は苦笑いの表情で顔を見合わせると、申し訳なさそうに小さく頷いた。

確かに、私のお世話係として、部屋の掃除やお茶の準備、着替えやヘアメイクを手伝ってくれているが、それは毎日変わらないし、私はといえば自分を飾ろうという気がほとんどないから、ルーティンワークになっているのも納得だ。

毎日同じことの繰り返し……、私ならば、同じような書類にサインをするだけが仕事、とかだろうか。それは確かにつまらないかもしれない。

ときには楽しい仕事をする、というのは日常の仕事のモチベーションにも関わることだ。

「じゃあ、楽しい仕事……しましょうか？」

「うん、しよう」

その後、私とアグリア殿下は、メリッサとグェンナを交えて『楽しい仕事』の内容を詰めていった。

それが『ミルクティーのお供決定戦』である。

◇◇◇

具体的に何をするかというと、1週間の期間を設けて、その間に各々ミルクティーに合うお菓子を探す、という仕事だ。

日常業務に差し障りがない程度で、お菓子を買い付ける、材料を買う、等のお金は総務部に経費として申請すれば落ちるようになっている。もちろん、紅茶も牛乳も砂糖も私に充てられた予算から支給される。小麦や卵、バターなどの汎用材料もだ。調理場も、大きな夜会が開かれるときに使われる調理場を臨時で使えるようにしてある。

あまり大人数になっても困るので、王宮の文官代表が2人、バルク卿、グェンナとメリッサ、他に洗濯係から2人、調理場から2人、私とアグリア殿下、話を聞きつけた陛下と王妃様の、総勢13人で取り掛かる事になった。

これをガーシュに話すと、気を引かれたように笑っている。いつも大体ニコニコしているが、多少の表情の変化もなんとなくわかるようになってきた。

「へぇ、面白い事してるじゃん」

「ガーシュも参加する？」

「クレア様の影武者としてなら参加したいかな」

あくまでも表に出る事は嫌うらしい。今は極冬のグレン侯爵もいるが、異国の地でいきなりこんなことに巻き込めないので、彼には当日の審査員として参加してもらうことにした。

ガーシュも、ネイジアとバラトニア王国が同盟を組んだことはほとんどの面々が知っているけれど、表向きは城の下働きの立場を貫いている。あくまでも影を好んで、表舞台には出ようとしない。

私はといえば、確かに色々レシピは知っているし、お菓子もかなりの種類をフェイトナム帝国時代は口にしていたのだけれど、ミルクティーと合う物、というのがいまいちピンときていない。

「いいわ、こっそり手を組みましょう。私、正直何も思いつかないの」

「丸投げはよくないぜ？　とはいっても、まぁ、面白みがないとせっかくの決定戦が盛り上がらなそうだしな。クレア様はいつも意外性を期待されているわけだし、手伝ってあげますか」

「ふふ、お願いするわ」

いつも通り自室の窓の中と外でこっそり手を組む事を決めると、廊下に人の気配を感じたのか、ガーシュは「3日後に何か持ってくる」といって去っていった。

もうこうして話す友達だという事は知られているのだから人目は気にしなくていいと思うのだが、それでもやっぱり人に見られるのは気になるらしい。律儀といえば律儀だし、性分だと思えば得心もする。

そのうち、ちゃんと友達として、こんなこそこそと話すような関係じゃなく過ごせるようになればいいのに、と思いながらも、私も執務机に座って日常業務をしているフリをした。

実際は、頭の中はお菓子のことでいっぱいだ。シンプルなバタークッキーや、マドレーヌのような焼き菓子はよさそうに思うが、バターとミルクティーが少しくどく感じる。

そんなことを考えながら書類を確認していると、ほどなくしてドアがノックされた。

「どうぞ」

「お疲れ様です。今日はまだ、誰が参加するかの選出期間でしたよね?」

入って来たのはメリッサだった。一応の確認、という形で私に聞いて来たが、急に上から指名して決めるものでも無いし、各部署で誰を選出するかは任せている。

楽しい仕事、の人気はすさまじいらしく、各部署が今日はあまり機能していないらしい。

「おかげでバルク卿がいつも以上に不機嫌そうですよ。あのかたは参加するのが決まっているから、というのもあるんでしょうけれど……」

「全員参加、というわけにはいかないもの。今日中に参加者のリストを出してもらって、明日からの1週間で1人1つ何か選んで、参加者全員で試食して3種類くらいはあうものを見つけたいわ。なるべく日持ちするもの、というのが条件よ。毎日作ってもらうのは申し訳ないもの」

「なかなか厳しいですねぇ。でも、それだけにやりがいがあります。クレア様はもう思いついたりしました？」

　まさか、今のところガーシュに丸投げしてるの、とはいえないので、苦笑して首を横に振った。

「私も頭の中はお菓子のことでいっぱいよ。だけど、どうしてもぴったり合う！　というお菓子は思いつかないのよね」

「じゃあ、1週間のうちに街におりる機会がある私とグェンナは少し有利ですね。他の下働きの代表も」

「あ、ずるいわ。私も街に行きたい」

　少し得意げなメリッサの言葉に私も椅子から立ち上がって手を挙げたものの、その様子があまりに子供っぽかったのか、クスクスと笑ったメリッサがダメですよ、といって私を座らせた。

「下働きには下働きの時間の使い方やよさがあるんです。クレア様はクレア様なりの時間や人の使い方をなさらないと」

「でも、私のワガママだもの。私ももっと自分で選んだりしてみたいわ」

「では、ご自分で調理なさってみます？」

メリッサの言葉に、思わず言葉を詰まらせた私だった。

本を読む、記憶する、レシピを書き写す、それらは得意だと思う。実際、この国でも大いに役立っているし、一度読んだものは忘れない。

けれど、たしなみとして、刺繍やお茶を淹れる練習をしたときに思い知った。

私には手先の器用さはまったくない、と。

刺繍は何針刺したかは覚えていられるのだが、刺す場所を間違えては指に針を刺すのが当たり前で、指先を怪我だらけにして中止。簡単なものでも、狙ったところに針を刺す、というのがどうしてもできなかった。布地の下から針に沿うように指を添える、とも習ったのだが、何故か指めがけて針を刺すばかりだった。

お茶の練習もそうだ。やはり、自分でも淹れられるようになっておくことで、将来嫁いだときに旦那様へお茶を淹れる、というコミュニケーション手段になるというので習ったのだが、どうしてもお茶の葉の塩梅やお湯の温度というのがわからなくて、渋かったり薄かったり、ぬるかったり熱すぎたり、もっと言えば火傷もしかけた。

薬缶をひっくり返したときに「二度とお茶を淹れようとはしないでください！」と家庭教師に禁止された。

なので、自分でミルクティーを淹れるというのは無理だ。

薬の調合等は間違えないのだが、たぶん、砂糖と塩は間違えるし、卵も上手に割れないと思う。

バターをどのくらい溶かせばいいのかもわからない。そもそも、バターって何で溶かすのかしら？　固形のままではお菓子に使えないわよね。

「……メリッサ、一つ聞きたいんだけど」

「はい？」

「バターは何を使って溶かすの？　網に載せて直火にしたら全部下に落ちちゃうわよね？」

「……クレア様は台所には入れてはいけない、というのが今の一言でよくわかりました」

とても聡明なかたなのに、どうして、とメリッサは痛む頭を押さえて呟いていたが、そんなに変な事を聞いただろうか。

「でも、ボウルは直火に掛けたら鍋とは厚さが違うのだからボウル自体が溶けたり焦げたりしちゃいそうじゃない？」

「あの……湯煎はご存知ですか？」

言われて目を丸くした。湯煎ならば調薬でもすることがある。主に、栄養剤になりそうな固形物を細かく砕いて湯煎して混ぜ合わせるのだ。

「あぁ！　なるほど、バターは湯煎するのね。なんだか調薬みたいね」

「普通、女性の口から出てくるのは、調薬の話を聞いて『なんだか料理みたいね』だと思うのですが……、クレア様ですからね。はい。私が悪かったです。とにかく、ご自分で作ろうとは絶対にしないでください。今から厨房の大惨事が目に見えるようです」

調薬と同じと考えれば料理も出来そうな気がするけれど、レシピ本等には、少々とか、適量とか、曖昧な表記も多いし、バターの溶かし方も書いていない。

調薬の本には間違いがあってはいけないからか手段から温度、道具まで全て載っているが、レシピ本というのはある程度調理の知識があることを前提に書かれている。

口に入るものなのだから、レシピ本ももっと細かく書いてくれればいいのに、と思わなくもない。が、お茶を淹れるときにいちいち温度計でお湯の温度を測る人間はいないし、そんなことをしなくても侍女がおいしくお茶を淹れてくれるのだ。

私は私なりに、何かしらの手段を考えてお菓子を見つけなければいけない。……そう考えると、ガーシュはそこまで見越して私と手を組むといってくれたのかもしれない。

きっとお見通しだろうし、私のことも調べ尽くしてはいるのだろうし。

こっそりと舌を巻いておく。ガーシュがこんな面白い企画を嗅ぎ付けないわけもない。今日、誰もいないときに来たのも、私の代わりに動くといってくれたのも、全部お見通しの上の言動だったに違いない。

いい加減ガーシュに何かお礼を考えなければいけない。お金は要らないだろうし、ものも自分たちの文化に馴染んだものを過不足なく持っている。生地、といっても絹を作るような技術が祖国にあるし、一番喜んでくれるのは何かわからない。

「クレア様？　聞いてます？」

メリッサに問いかけられて、私ははっと顔をあげた。すっかり考え事に夢中になっていて何も聞いていなかった。

「ごめんなさい、考え事をしていたわ。何だったかしら？」

「厨房で調理するのはダメですし、街におりるのも私たちが護衛に付けないのでダメですけど、その代わり、レシピを書いて参加者以外の調理人に作らせるのはいいと思いますよ、とお話ししていたところです」

「あら……ルール違反にならない？」

「構いませんよ。フェイトナム帝国でたくさんの知識を蓄えてこられたクレア様の武器は存分に活かしていただいて。試作品を調理人や手伝ってくれた人に振る舞うのなら、嫌がる人もいないんじゃないでしょうか。やっぱり、お菓子はそこそこ高級な嗜好品ですから。その代わり、自分で調理と自分で買い付けは絶対にダメですからね」

メリッサに念を押された私は、わかったわ、と返事をして何とか書類仕事に意識をもどした。

どちらにしろ決定戦の開催は明日からだ。今日は準備期間、私はガーシュという味方も先んじて手に入れたのだし、メリッサのアドバイスももらったのだから、今日はちゃんと仕事をしよう、と思った。

◇◇◇

翌日、決定戦の面々が、各々仕事を終えて一つのサロンに集まった。

ルールは3つ。

ミルクティーにあうお菓子であること。

なるべく一度にたくさん作れて、日持ちするお菓子であること。

日常の業務に支障を来さない範囲で、自分の周りに協力を得てもいいこと。

以上だ。

審査員はここにいる全員と、港町と王宮を往復している極冬のグレン侯爵に決まった。合計で14人になってしまうが、票が割れて悪いことはない。バリエーションは多くていいのだ。

他の貴族に声を掛けるかどうか、昨日アグリア殿下と話してみたものの、文官や下働きの者と同じ土俵に立つのを普通は嫌がると思うよ、と言われて下手に誘うのはやめた。

ただでさえ私は睨まれている自覚がある。王宮の仕事のかなり深い部分に手を入れたし、もとはこの国を植民地にしていた国の出であることも、女だということも、割と不興を買っているのだ。

ご婦人がたに対しては王妃様がさり気なく釘をさして取り持ってくれているが、爵位を持っている男性陣は嫌なものは嫌らしい。

すれ違うときも会釈か、あからさまなおべっかを使う挨拶で、私をまともに見ている貴族にはそうそうお目に掛かれない。えてして、そういう人は仕事にまじめに取り組んでいるので邪魔もできない。

結局当初の予定通り、日常の業務に支障が出ない範囲で、あらかじめ決めた文官代表2名といつもの面子で話が進む事となった。

1週間後の午後のお茶の時間に、たっぷりのミルクティーと各自が考えたお菓子を持ちよって審査することにし、お互いの情報交換はなしで、被ったら被ったで面白いということで平和的に行うことにした。

一番を決めるものではないし、私もどれだけミルクティーに合うお菓子が出てくるか楽しみだ。

普段はサロンに入ることのない文官や、下働きの使用人たちの代表は嬉しそうだった。必然、休憩時間や業務後の時間、休日を削ることになるのだが、それ以上に1週間後にはお腹いっぱい甘いものが食べられるのだ。それまでの試作期間や、買い出しの段階でもだ。

それだけでご褒美でもあるし、それは私や陛下や王妃様にとっても変わらない。アグリア殿下はいつもニコニコしていてわからないが、どちらかといえば参加を楽しんでいるというよりも、こういった仕事を与えられる現状を喜んでいるように見える。

植民地時代のバラトニア王国では、こういう楽しみはあまりなかったのかもしれない。私のワガママも、こういう娯楽のようなものに役立つならよかったと思う。

今回の予算だが、私に充てられている予算と、働くことでもらっていることになっている報奨金と呼んだ方がいい額のお給料から出している。実に有意義な使い方だと思う。

ここは、私のワガママが発端なので譲らなかったし、今後もこういうことをするときは国庫の負担ではなく提案者の負担でやる、もしくは何人かで寄り集まってお金を集めてやる、という方法を取れば、自主的に楽しみを考案できるようになるかもしれない。

今のところ、真面目過ぎるきらいはあるのだ。今回のことがきっかけになって、何か、自分たちでお祭とまではいかなくとも娯楽を見出してくれるようになればいい。

発展は、そういった余裕から生まれるものだ。

「では、解散しましょう。1週間後の15時にここに各自菓子を持って集合です」

バルク卿の言葉でぞろぞろと部屋を出ていく。

陛下と王妃様もアグリア殿下と同じような顔で、楽し気に話しながら出ていく下働きの使用人や文官たちを見ていた。

私にとっても新鮮なことだが、ワガママをいってよかったと思ったし、ワガママをいわせてくれたバラトニア王家の人たちには感謝の念しかない。

まだ王太子妃にはなっていないけれど、確かに私は、バラトニア王国の一員として生きている……穏やかな笑顔を見ていると、そんな感覚が足もとから暖かく身体を包んでいった。

◇◇◇

「お待たせ」

そういってガーシュが窓の外から声を掛けてきたのは、宣言通り以前話したときから3日後だった。

手に持っているのは白い布に包まれたバスケットと、何故か飲みものを入れる木筒だ。

「その木筒もお菓子？」

「いんや。これはネイジアのミルクティーでチャイって飲みもの。こっちはチャイに合う焼き菓子」

「チャイ？　聞いたことがないわ。不勉強ね、ごめんなさい」

「あんまり外国じゃ出回らないからな。もっと南の暑い国だとよく飲まれてるよ。スパイスが効いてるからミルクティーとは似て非なるもんだけど」

木筒とバスケットを渡したガーシュは、窓の外の木の枝に座ったまま、試食されるのを待っているようだった。

なんだかんだガーシュも楽しんでいるのだとわかって笑ってしまう。こっそり、決定戦の後にお菓子を全部このバスケットに詰めて返そう、と思った。

「……このお菓子、かびてるの？」

「いや、砂糖で表面を覆ってるだけ。日持ちがするんだ。シュトーレンって菓子で……本来なら別の国の祭日の前に１ヶ月かけて少しずつ食べるもの」

「だからこんなに薄く切ってあるのね」

中身は、固焼きのパウンドケーキのようだった。様々なドライフルーツが小さく刻まれて入っていて、表面は真っ白に溶かした砂糖で覆われている。切った状態で持ってきてくれたが、水分が少ないと推測できる硬さだったので切っても日持ちするのだろう。

木筒を開けると、シナモンの香りがした。相当強いが、飲み口から覗いたらちゃんとミルクティーの色をしている。

「いただくわ」

「どうぞ」

面白そうに笑っているガーシュを傍目に、まずはシュトーレンを小さく一口齧った。

表面の砂糖を見て甘すぎるのではないかと思ったが、ケーキ自体の甘さは控えめだ。バターの濃さも感じないし、ドライフルーツの甘さが生地をいい具合に引き立てている。

クッキーほどさくさくもしていないし、パウンドケーキほどふんわりもしていない。

飲み込んで風味が残っているうちに、強烈なシナモンの香りがするチャイを木筒から一口飲む。

シナモンの他にもスパイスが入っているのだろう。甘い中にも芳醇なスパイスの香りと少しの辛みを舌に感じて、ミルクの風味が口いっぱいに広がるのにさっぱりと喉の奥に消えていった。

「おいしい……！　でも、このチャイは好みが分かれそうだわ。私もまた誰かに淹れてもらって飲みたいからレシピを教えてくれる？」

「バスケットに入ってるよ。シュトーレンのレシピも。ま、俺が知ってる中で一番ミルクティーに近くておいしいのがこの組み合わせだったってだけだから、そこから何かひねり出すのがクレア様の仕事だな」

私がおいしさに満足したことで、ガーシュも満足したらしい。

手をひらひらと振って、頑張れ、といって去っていった。

チャイはともかく、シュトーレンは1人では消費しきれそうもなかったので、今夜から暫くお茶の時間に出してもらう事にしよう。

チャイは悪くなる前に昼間の仕事中に飲んでしまおうと思った。レシピがあるならまた作る事もできるし、本家本元のチャイの味を楽しみながら、私はまた、本来の業務にもどった。

◇◇◇

シュトーレンの出どころはアグリア殿下には素直に告げて、その日の夜からのお茶請けにした。

ストレートティーにも合うようだが、普通のミルクティーともよく合う。ガーシュが参加していたら優勝だったかもしれない、と思う反面、さっぱりとした甘さのこのお菓子にちりばめられた複数のドライフルーツが、チャイが一番合う、と思わせてくる。

（クッキーだと少しバターが強すぎるのよね……。マドレーヌとかもそう、しっとりと作るから日持ちもしないし、やっぱりミルクやバターが強すぎる。もっと軽くて、甘さも控えめで、しっかり焼いた物のほうが合いそう……）

このシュトーレンはケーキだからまだしっとりと感じるが、こんなに凝ったものじゃなくてもいいし、そもそも祭日にむけて1ヶ月かけて食べるものを毎日食べるのは……せっかくの服やドレスも全てサイズが合わなくなりそうだ。

アグリア殿下は動いているからいいけれど、私はそんなに運動をしているわけではないのだから、1つか2つ、ちいさなお菓子を摘まめればいいのだ。

それを考えたら、砂糖の量もバターの量も減らして、卵も病人食に使われるくらいだから少な目にして……クッキーよりも火が通りやすいように型抜きしたあとに穴を開けて焼いたら水分も飛んで日持ちするんじゃないかしら？

「おいしいけど……毎日食べたら太りそうだね」

「私も今、それを考えていました。メリッサたちに侍女仲間で分けてもらって、レシピはもらったので特別な日にでも作ってもらいましょう」

「うん。砂糖もこんな風に溶かして全面にまとわせるなんて……、これは保存が利くようになのかな？」

「確かに、砂糖って悪くなりませんよね。理に適ったお菓子だと思います。だって、本当ならお茶会一回で消えてしまいそうな大きさのケーキを、こんなに薄く切って少しずつ食べるんですもの」

「プリザーブもジャムも砂糖で煮て保存しているしね。ううん、よく考えるものだなぁ……」

唸って感心しているアグリア殿下は素直に可愛いと思う。

それぞれのお菓子についての情報交換はできないが、ガーシュはもとから参加はしていない。

ヒント代わりに私に持ってきてくれただけだ。

ならば、私はそのヒントを活かそうと思う。

……シュトーレンとチャイは、ちょっと気分を変えたいときに厨房におねだりできるよう、レシピを書き写して自分でも保存しておこうと思った。

◇◇◇

次の日から私は昨夜考えていた、水気と甘みの少ないお菓子、を作ってもらうために、厨房で手隙の人を誘って空いている厨房を使わせてもらった。

今回の決定戦には調理場からの参加者もいるので、試作する段階で出来たものは手伝ってくれた人のおやつにして、ということで交渉成立だ。

参加者にはなれなかったけれど、私のように調理ができない人間の手伝いをすることで間接的に関わることは、それはそれで参加者の気分になれるらしい。

厨房でじゃんけんがはじまり、勝った2人が私を手伝ってくれることになった。

材料はいたってシンプル。卵、バター、砂糖、小麦粉、そして、お塩。

スイカ、という水分の多い果物がある。それには塩をかけて食べると甘くなるのだ。

どちらかといえば硬いパンのようなものを作る感覚に似ているが、もそもそとしてしまってはおいしくないので卵とバターも最小限入れる。

砂糖はパンに入れるのと同じ要領で、それに塩を足して甘みを引き立てるように、という相談に乗ってくれた手伝いの料理人は、あぁでもないこうでもない、と分量について話し合っていた。

結局、分量を3種類用意して、私の指示通り、クッキーと同じように丸い生地を作ったあと、そこにフォークで大き目の穴を開けて焼いてみることにした。

1つ目は、少しバターが多くて生地が溶けて薄く広がり焦げてしまったので失敗。でも、甘さは充分なので彼らが寝る前のおやつにするという。

2つ目の分量は、今度は卵が多すぎたのか、さくさくした食感というよりはふんわりしたパンのようになった。甘さはちょうどいいのだが、これもまた想像していたものとは違った。

3つ目の分量はうまくいった。

「こ、これ！　これよ！　この分量だわ、焼き加減もちょうどいい。何度で何分焼いたかは覚えているし、分量も……メモがあるわね。これでいきましょう！」

私が求めていたさくっとした食感にほろりと口の中で解《ほど》ける感覚。甘さは控えめだけれど、塩気がそれを引き立てる。少し水気が少ないので、すぐにミルクティーを飲めばちょうどいい。

料理人２人は１日で『楽しい仕事』が終わってしまって残念そうにしていたが、これを人数分作るという仕事と、日持ちするかどうかを確かめるのに明日からも同じ分量で同じ物を焼いてもらう仕事が残っているというと、喜んで手伝うといってくれた。

レシピ自体は単純だし、私らしく飾り気もないけれど、私はこのお菓子に満足していた。

◇◇◇

とうとう、審査の日がやってきた。

各々の参加者がバスケットに布を被せてお菓子を持ち寄り、全員分のたっぷりのミルクティーを用意して（温かいものだとお腹がいっぱいになるので、今日は冷やしたミルクティーを用意した）、グレン侯爵も交えて味見をしていった。

まずは文官たちのお菓子だが、固焼きのパンの水気をさらに飛ばしてサクサクとした食感にしたものに砂糖をまぶしたものを持ってきた。ラスクというお菓子らしい。

「これは……おいしいわね！　少し甘みが強いけれど、色々と応用が利きそうだわ」

「本当ですね。甘いものが苦手なかたには、ガーリックトーストの応用で出す事が出来そうです。少し臭いが気になるかもしれませんけど、甘くないお菓子として普及するかもしれないですよ」

出所を聞くと、故郷の手作りおやつらしい。元は自然に硬くなったパンを使ったらしいが、今回は王室で食べるものだからと改めて研究してくれたようだ。

もう1人が出してきたのは、街で買ってきたというマドレーヌだった。ただし、これは牛乳と卵、小麦を使っていないという。

「アレルギー騒ぎがあってから始めた店らしいんですが、どうも大豆から絞った豆乳というものと、絞りかすのおからというのを使って作っているらしいです。粘りがあって繋ぎの卵も要らないということで、よく練る事が肝だと言っていました」

今一般流通しているお菓子は、小麦を使うものがほとんどだ。牛乳や卵にアレルギー反応を起こす人も症例として本に載っていたが、その原因は生まれつきと言われていてほとんどわかっていない。

蜂蜜は乳幼児には毒なので、砂糖や塩、柑橘類を配合した湯冷ましなどを飲ませて育てるとも聞いていたが、お菓子の研究も進んでいたようだ。

豆乳自体はフェイトナム帝国でも属国にくだした国の文化の一部として知られていた。他にもアーモンドミルク等もあるが、アーモンドというナッツはもっと南の暑い国でしかとれない。

豆乳を使ったおからのお菓子、と聞いてドキドキしながら口にしたが、普通に小麦で焼いたものより少し粘り気があってもちもちとした食感がする。

なんでも、おからだけだとぱさぱさしてしまうので、米を粉にしたものを混ぜ込んでいるらしい。

甘さは思った以上に控えめだが、優しく大豆の甘さが口の中に広がる。日持ちもするらしいので、これもお茶請けによさそうだ。

「これは、厨房で作るよりもそのお店で定期的に買いましょう。すごくいいものだわ、見つけて来てくれてありがとう！」

「ジュリアスが帰って来たときにも出してやろう。飴くらいしか甘いものが食べられない、と嘆いていたから喜びそうだ」

「そうだな、あやつ、かならず常連になるぞ。間違いない」

アグリア殿下と陛下の言葉に、王妃様が今日一番嬉しそうに微笑んでいるのが目に焼き付く。

やはり、自分の子供が食べられないものがあって制約があるというのは、寂しいものだったろう。

きっとこれ以外にも種類があるはずなので、このお店のお菓子はジュリアス様とのお茶会のときに出すようにしよう。特別なお菓子になった。

次は洗濯係の２人だが、２人は顔を見合わせて困ったように笑っていた。

「実は、私も息子が小麦アレルギーなので……さっぱりした甘さならこれかな、と同じ店の焼きドーナッツというものを買ってきたんです」

「私もです。うちの娘が、給料日に買って帰ると喜ぶんですよ。私が買ったのはクッキーです」

これには驚いた。同じお店に3人、打ち合わせも無しに買い付けに行くとは思わなかったが、3人ともバラトニア王国ならでは、というのを、マイナスのイメージで済ませるのではなく、プラスのイメージを持って、王室に持ち込んだことになる。

私も含めて王室の人間が買い物をする商人というのは決まっている。街のお菓子屋さん、というのはこんな機会でもなければ知ることがなかっただろう。

「2人とも家族想いなのね。それに、私はこのお店の優しい味のお菓子がとても気に入ったわ。王室御用達、を嫌がらないようならば、予算を出してもっと大規模なお店にしてもらいましょう。それこそ、いろんな主要都市で食べてもらえるように、支店を出せるくらい」

私のワガママも悪いことばかりではないようだ。『楽しい仕事』を提供できたし、新しい発見もあった。

このアレルギーの症例が確認されている素材を使わないお菓子は、もっとこの国に広まってほしいと思う。

「素晴らしいですね……、大豆ならば我が国の寒い土地でも育つ場所があります。これを応用して、大豆の食品を開発するのもいいかもしれません」

グレン侯爵が一つずつ味見をして、ミルクティーで喉を潤し、ほうと溜息をついた。こんなところでも食糧難の国を救う一つの道が見えたらしい。

「グレン侯爵に喜んでもらえそうなものがもう一つございます」

今度はメリッサだった。彼女は料理もするようで、出てきたのは黄金色の焼き菓子だった。

「私も、この国ならでは、と思ったときに小麦を使わないお菓子を考えていたんです。これは、サツマイモという品種の芋を使ったお菓子なんですが……さっぱりした物をお求めとは思ったんですけれど、これはこれで、濃厚な甘さでおいしいですよ」

細長い楕円形に焼き目のついた黄金色のお菓子は、フォークで切り分けるとねっとりとした生地だった。生焼けかとも思うが、そもそもこれは茹でた芋を使っているので生ではないという。

口に含むと、甘さとミルクの風味が口いっぱいに広がった。砂糖はどれほど入っているのだろう、と思ったけれど、なんと砂糖は使っていないという。

このねっとりとした甘さを咀嚼したあとに飲むミルクティーは格別においしい。

「ただ、日持ちの点ではお菓子にした時点であまり持たなくて……レシピは簡単ですし、どんなに痩せた土地でも育つ強い作物なのは間違いありません。それに、寒いと甘さを蓄えるんです。極冬に苗を持ち帰ってみてはいかがでしょうか？」

こんな機会でもなければ、使用人の立場で外国の要人に提案などできなかっただろう。

グレン侯爵は、いいのですか！　と思わず立ち上がり、神経質そうな顔ではしゃいでしまったことを咳払いをして誤魔化したが、陛下が「ではあとで詳しい栽培方法を知っている者と苗を手配しましょう」といって話はまとまった。

日持ちはしないらしいけれど、昼間のお茶会で冷たいミルクティーと一緒に食べるのも、夜に時々作ってもらってのんびり摘まむのもいいかもしれない。

砂糖不使用、というところがとくにいい！　いや、これだけ甘いのだから砂糖が入っていなくても食べ過ぎたら太るだろうけれど、私はこのお菓子も気に入ってしまった。

「どうしましょう、とても決められる気がしません……」

「無理に1つにする必要はないのだし、別にいいじゃないか。こんなにお菓子を食べたから、明日は少し散歩でもしよう」

「そうですね。まだ残っていますし」

今度はグェンナのお菓子だったが、グェンナは甘く煮た豆入りの一口大のパンを焼いてきたという。

「甘さが控えめで、少し摘まめるもの、というところに注力しすぎて……お菓子ではなくパンなのですけれど、この小ささですし、甘く煮た豆は保存食なので数日は日持ちがします。豆パン、と呼ばれているもので、コーンポタージュなどと一緒に下町の食堂で出てきたりするちょっとした甘味です」

そのアレンジが指先で摘まめるような丸いパンだという。

普通に丸いだけのパンに見えるのだが、齧ってみれば薄いパンの皮の中にぎっしり甘い煮豆が入っている。

外側に少し白ごまを塗してあるのも香ばしい。

「おいしいわ。この豆は、……大豆？」

「いえ、小豆という別の種類の豆です。豆なので素材そのものは長期の保存が利きますし、虫がつきにくい強い作物ですよ。こうして甘く煮て保存食にするんですが、一度に大量に煮込んで少しずつ使うんです。なので、この豆パン自体はそんなに手間のかかるお菓子じゃありません」

小さなパンを半分齧って咀嚼すると、豆の歯ごたえと豆に染み込んだ甘さが口の中にじゅわっと広がる。

水気は無いが、その分ミルクティーがおいしい。ミルクとこの煮豆は相性がいいのか、ミルクティーで飲み込んでも口の中がさっぱりとする。

ふと、バルク卿を見ると、しまった、というような顔をしている。

何故かしら、と思ったら、彼のバスケットから出てきたのは飾り気の無いホールケーキだった。

「これは……シベリアというケーキなのですが。スポンジ生地で先ほどの煮豆を潰して滑らかにしたものと、甘さを控えめにしたクリームを挟んだものです。クリームはバタークリームで2〜3日は日持ちがします。まさか、私まで被るとは思わず……」

グェンナが手早く人数分切り分けて出してくれたものは、確かにふかふかのスポンジ生地に硬いクリームと煮豆の色をしたペーストが挟んであった。

試食なので小さく切ってもらったが、これはこれでおいしい。豆パンとはまた違った、王室のお茶会で出しても恥ずかしくないお菓子だ。

「これもおいしいわ。バタークリームはもっとしつこいかと思ったけど……」

「スポンジがうまく緩和しているね。これもミルクティーにもストレートティーにも合いそうだ。むしろ、フェイトナム帝国の緑茶に合うんじゃないかい？」

いわれてみればそうかもしれない。緑茶はうまく淹れれば甘味が際立つが、基本的にはさっぱりと口の中を洗い流すような性質のお茶だ。

強い香りがしないこのお菓子には、緑茶が合いそうだ、という事で、緑茶を飲むときにはこのお菓子を買いに行こうとバルク卿にはお店を教えてもらった。

さて、と陛下と王妃様、アグリア殿下を見ると、3人は顔を見合わせてから、一斉に空のバスケットを見せてきた。

「いや、実は色々と考えたんじゃがな……」

「そうねぇ、考えたのはいいんだけど、私たち、結局王宮で出されているものしか知らないのよ」

「だから、今日の試食会に参加するだけしたくてね。ごめん、クレア」

悪びれもせず謝った3人だが、確かに王太子妃でもない私ですら街に降りるのは禁止されていたのだ。

王宮で出て来るお菓子は常に私に供されるお菓子だし、新鮮さを追求するにはこの3人は忙しすぎた。

私はおかしくなって小さく肩を揺らして笑うと、いいですよ、といって首を横に振った。

「こんな『楽しい仕事』を企画させてくださっただけで感謝しています。おかげで色々と新しい発見もありましたし、私も料理は出来ませんでしたが、厨房のかたとも仲良くなれましたし」

ねぇ、と参加者の皆を振り返ると、皆笑って頷いている。

グレン侯爵などは、半分感極まって泣きそうな顔だ。食糧難の解決が極冬の課題だったのだから、その極冬でも育つ可能性のある植物の存在やアレンジの存在を知れただけで得たものがあったのだろう。

「じゃあ、最後は言い出しっぺの私ね。あまり、皆のように素敵なお菓子じゃないんだけれど……」

そういって私が取り出したのは、穴の開いたクッキーに似たお菓子だ。

1人1枚ずつ配られたそれは、これだけ試食したあとでも食べられるくらいの軽さのはずだ。私のお腹にまだ入りそうなのだから間違いない。

「水分を飛ばして、砂糖とバター、卵を減らして、お塩を少しだけ入れたパンのようなお菓子なんだけれど……手伝ってくれたのがビズーとアスケットという料理人だったから、2人から名前をもらってビスケットというお菓子にしてみたの。密封しておけばしけらずに日持ちもするわ、どうぞ」

あまり長々と説明してもしかたがない。味の感想は、皆に委ねられる。

さくっ、という軽い音をさせて一口齧ると、皆、咀嚼してすぐにミルクティーで飲み込むようにしていた。そう、水気を飛ばしたせいで、口の中が乾くのだ。ただ、甘さは控えめだけど十分に甘いし、お茶の味を邪魔もしない。

「これは……軽食にしてもいいんじゃないかな?」

「クリームチーズや野菜、果物を載せてもいいかもしれませんね」

「それに、お腹の中でなんだか……膨らんだような感じがするわ。すごく満足感があるわね」

ビスケットに関しては、甘味というよりも軽食の方向で評判がよかった。

料理ができない私にしては及第点、というところだろうか。

ほっと息をつくと同時に、私のワガママで始まったこの『楽しい仕事』が、いろんな影響を及ぼし、波及し、広がったのを嬉しく思った。

ビスケットは夜中の小腹を満たすのにもちょうどいい、と文官たちが喜んでいた。これも、例の大豆のお店に持っていけば、アレルギー持ちの人でも食べられるお菓子になるかもしれない。

「クレア、『楽しい仕事』はどうだった?」

アグリア殿下が隣に立って、感慨深く、サロンの中で身分を超えて情報交換をする人たちを見

詰めていた私に問いかけた。

「とても……、とても楽しかったです、アグリア殿下。こういう『楽しい仕事』は、また開催したいですね」

いつも笑顔のアグリア殿下だが、今日の笑顔はとても満足そうだった。

それは、私がとても満足気に笑っているからだということに、私は気づかなかったけれど。

こうして、第一回の『楽しい仕事』は、大成功で終わった。

……さて、残りのお菓子を少しずつバスケットに詰めて、ガーシュに渡して、それでも残るだろうから、暫くはミルクティーの砂糖は抜いて、朝には散歩する習慣をつけないと。

少し、ドレスのウエストがキツい気がする私は、硬く心の中で誓った。

あとがき

この度は、『生贄第二皇女の困惑』を手に取ってくださり、誠にありがとうございます。

本作品は『小説家になろう』様、及び前身となる短編を『アルファポリス』様にて書かせていただいたものです。その際、読んでくださった方々の応援があって、本の形になりました。

心よりお礼申し上げます。本当に、本当にありがとうございました！

せっかく本になるのだから、とたくさん加筆修正をし、内容もＷＥＢ版とは一味違ったものになっているかと思います。

そして、本になるにあたり、見つけてくださったアース・スターノベルの編集者様、担当してくださり、いつも嬉しい感想とお忙しい中支えてくださったＴ様、組版や地図、ロゴのデザイナー様、印刷所様、私の把握していないところではもっとたくさんのかたが携わり、制作してくださったのだと思うと、感謝してもしきれません。

何より、私はちゃっかりと、元々大好きなイラストを描かれていた、さくらもち様に挿画の担当を引き受けていただいてしまいました。元より装飾品や色使い、キャラクターの表情など好きなところはたくさんあるのですが、私の小説のキャラクターもこんな風に描いてもらえたら……と思って、お願いいたしました。

想像以上にキャラクターが生き生きと描かれた事に感動しています。本当に、本当に嬉しいです。

丁寧にキャラクターを読み取り生かしてくださった、さくらもち様。本当にありがとうございます！

そして、さくらもち様に迅速にお声がけくださった担当のT様にも、この作品とさくらもち様を繋いでくださったこと、本当にお礼申し上げます……！

ありがとう、を伝えるだけでかなり書いてしまいました……。本当に、一人の力では本にならないのだなと、あとがきを書く段階になるとしみじみとしてしまいます。

最初にこの本を手に取ってくださったかたへのお礼を申し上げましたが、こうして読者様の手に届くことで、本はやっと完成するのかな、と思います。

もちろん、小説を書くことは好きですし、それが毎回本になるわけではありません。ですが、こうして本になり、読者様の手に届く、というところまで辿り着けたのは、前述にてお礼を申し上げたすべての方々のおかげだと思っています。

『生贄第二皇女』は、変化の物語です。異世界、という私の頭の中にある別の世界の変化、そして、その世界に生きる人たちの変化の物語になります。

また、変化は最初に立っている場所があってこそです。

変化したとき、振り返ったその場所が、同じ景色とは限りません。また違った発見があり、それがまた人、世界に変化をもたらしていく。

一歩ずつ進む物語だと思っていますし、一巻では書ききれないほど、まだまだ変化を、そして振り返りを、キャラクターや異世界と共に、私も実感していければと思っています。

ずいぶん真面目な話をしました。書き手、としてはこうですが、読み手のかたには純粋に娯楽として楽しんでいただけたらな、という気持ちや、どういう受け取り方をされるかな、とドキドキして緊張している部分ももちろんございます。

どんな形であれ、楽しんでいただけたら、それが最高に嬉しいことだということは間違いありません。

……ここまでですと、私がとてもお堅い人間のようなので、少し日常のお話をさせてください。

私は京都に住んでいるのですが、この本が発売されるころの京都はうだるような暑さというのを体現しています。本当に。

出身は東北ですので、最初あまりの暑さに夏場はエアコンをフル稼働させていたのですが……京都に引っ越したてのときにはそれはもうお金が無くて、部屋に備え付けの、たぶん10年以上前の型落ちのエアコンを使っておりました。以降、そいつ、と呼ばせていただきます。

そいつ、酷いんですよ。

私が汗だくになって、換気をしても熱風が通り抜ける中、エアコンをつけて（当然ながら、予約で稼働するという事もありません）涼もうとすると、決まって『暖房』にするんです。最初それに気づいたときはもう……、一体何を売ればエアコンを買い換えられるのか？　と真剣に悩みました。

聡い読者様からは、今ごろツッコミが入ってるころかもしれません。

そう、そいつは……備え付け、なんです。備品。つまり、契約書に明記されている設備の一環です。

大家さんに連絡したら一発で最新型にしてくださいました。気づくのに5年ほどかかったでしょうか。

いやもう快適で快適で……電気代も半分以下になりましたし。

今はその部屋からは引っ越したのですが、その部屋に新しく入った人は快適なエアコンで気持ちよく夏を越してほしいですね。

そいつの事は忘れません。絶対に。（※いい意味ではありません、自戒です）

発売時期は、季節柄、熱中症や逆に冷房の効きすぎで冷えるなど、体温調節の難しい時期かと思います。

どうぞ皆さま、ちゃんと『冷房』になっているか確認しつつ、お体にお気をつけてお過ごしください。これもまた振り返り、変化のお話ですね！

あとがきまで読んでくださったかた、ありがとうございました。
そいつの話が出来て満足です。
またあとがきでお会いできるよう、これからも頑張ります！

あとがき

沢山キャラのデザインやイラストを描かせていただきとても楽しかったです。
クレア達の生き生きとした姿を皆様にお届けできたら幸いです。

普段趣味では西洋ベースの世界観を描くことが多くなかったので新鮮でした。
個人的にはメイド服と民族衣装を描くのが好きなので侍女たち3人、そしてガーシュのデザインが一番楽しかったです。

これからも彼女たち、そして新しいキャラクター達が活躍するのを私も楽しみにしています！

さくらもち　(Twitter: @skrc_0v0 / pixiv ID: 4118627)

EARTH STAR NOVEL

生贄第二皇女の困惑
敵国に人質として嫁いだら不思議と大歓迎されています①

発行 ―――― 2021年7月15日　初版第1刷発行

著者 ―――― 真波潜

イラストレーター ―――― さくらもち

装丁デザイン ―――― 山上陽一（ARTEN）

地図イラスト ―――― 髙田幸男

発行者 ―――― 幕内和博

編集 ―――― 筒井さやか

発行所 ―――― 株式会社 アース・スター エンターテイメント
〒141-0021　東京都品川区上大崎3-1-1
目黒セントラルスクエア　7F
TEL：03-5561-7630
FAX：03-5561-7632
https://www.es-novel.jp/

印刷・製本 ―――― 図書印刷株式会社

ISBN 978-4-8030-1541-6